ハヤカワ文庫 SF
〈SF2237〉

宇宙英雄ローダン・シリーズ〈596〉

ヒールンクスのプラネタリウム

クルト・マール&アルント・エルマー

林 啓子訳

早川書房

8370

PERRY RHODAN

IM SCHATTENREICH DER YO

ANGRIFF AUF DIE HUNDERTSONNENWELT

by

Kurt Mahr

Arndt Ellmer

Translated by

Keiko Hayashi

First published 2019 in Japan by
HAYAKAWA PUBLISHING, INC.
This book is published in Japan by
arrangement with
PABEL-MOEWIG VERLAG KG
through JAPAN UNI AGENCY, INC., TOKYO.

目次

ヒールンクスのプラネタリウム

ヒールンクスのプラネタリウム

クルト・マール

登場人物

クリフトン・キャラモン（CC）……………………もと太陽系艦隊提督
レオ・デュルク………………………………………《バジス》兵器主任
アルネマル・レンクス………………………………ガルウォ。指揮官
マットサビン…………………………………………同。若者
ギリナアル……………………………………………同。ネット賤民
ヒールンクス…………………………………………プラネタリウムの主

1

まったく困ったことに、マットサビンは遠征に同行するつもりでいた。

「この煽動家がいっしょでは、厄介なことになるぞ」クリフトン・キャラモンがインターコスモでいい、ガルウォをにらみつける。

マットサビンはなにもいわない。円錐形の上半身の下にあるくびれた細い胴体は、微動だにせず、複数の関節からなる細い六本脚の上に鎮座する。腕の役割をする一対の前肢を頭部の下で交差させていた。キャラモンの凝視に気づいたにちがいない。なんといっても、同種族のメンバー同様に六つの目を持つのだから。たとえ理解できなくとも、提督の言葉が自分に向けられたものだとわかるだろう。これに対しなにもいわないのは、まったくかれらしくない。ほかのどのガルウォよりも口が達者なはず。テラナーふたりに対する不信感と敵意をしめす機会を、みすみす逃すはずはないのだが。

ガルウォ種族の指揮官アルネマル・レンクス……クリフトン・キャラモンは〝族長〟と呼んだが……にとり、司令本部と管理センターの役割を持つ球形構造体の外殻付近にある待機室に、かれら九名はいる。テラナーふたりに、ガルウォ七名が向きあい立っていた。レンクス自身と、マットサビンをふくむ部下六名だ。ガルウォたちは武装していた。レオ・デュルクはその理由が見当もつかない。こちらはいまだにコンビ銃を没収されたまま、返されていないというのに。この二日間に両グループのあいだでかわされた合意はさておき、ガルウォの指揮官はまだ、テラナーふたりをひそかに捕虜とみなしている。レオ・デュルクは、そう勘ぐっていた。

壁に沿ってならぶスクリーンには、不可解なローランドレの構造体をあらゆる方向からつつむ乳白色の光がうつっている。画面のひとつに、ゆるやかなカーブを描く金属面の一端がのぞく。司令本部の外殻のほんの一部だ。明るい虚無のなかに浮かぶ輝く金属竿が、画面の下端に消えているのがわかる。べつのスクリーンには、ほかの角度からとらえた竿が見えた。カメラがその表面に沿ってうつすと、竿はぼんやりとした光を貫いて、軽く婉曲しながらしだいに細くなっていく。やがてほのかに輝く筋と化し、光とまじりあう。

これは、クモ生物ガルウォの金属ネットを構成する数千の竿のひとつだ。何十万年前のことかは不明だが、かつて祖先が糸を下半身から出して紡いだ自然のクモの巣のように、ガルウォ・ネットはローランドレの地表にある洞穴のような窪地に張りめぐらされている。直径一万五千キロメートルにおよぶこの洞穴は、ローランドレ内部につづく入口のひとつだろうと、レオ・デュルクは推測した。ネットは、外あるいは内部からも近づく恐れのある不法侵入者を阻止し、とりおさえるのに役だつ。

スクリーンにうつるのは、アルネマル・レンクスが司令本部をかまえている場所を交差する複数の金属竿のひとつだ。竿は、車道やレールの役割もはたす。この竿の上にまもなく、乗り物があらわれる。それに乗って遠征隊は出発し、ヒールンクスのプラネタリウムに向かうのだ。

室内では人工重力が働き、司令本部全体を満たしていた。ガルウォたちはターコイズブルーの宇宙服を着用しているが、ヘルメットは閉じていない。この四十八時間で、レオ・デュルクとクリフトン・キャラモンは、クモ生物をずいぶん上手に見わけられるようになっていた。姿、体格、容貌の特徴がそこここに見られるため、特定の個体を見わけることが可能だ。とはいえ、宇宙服の特徴のほうがずっとあてになる。アルネマル・レンクスの宇宙服には大きく多彩な模様があり、この作戦行動のリーダーであるのみならず、ガルウォ種族全体の指揮官とわかる。マットサビンの宇宙服は赤い渦巻き模様で飾られていた。かれは下級将校だが、アルネマル・レンクスの助言者でもある。渦巻きはその地位をしめすものだろう。ほかのガルウォの宇宙服には、より単純な模様が見られた。とはいえ、ふたつとして似たものはない。これで、なんなく個体を見わけられるのだ。

ここからヒールンクスのプラネタリウムまでどれくらいはなれているのか、だれも知らない。ヒールンクスとはコンタクトがとれるとガルウォはいうが、その曖昧ないいかたでわかる。どうやらテラナーふたりには真相を知らせないつもりらしい。だが、レオ・デュルクの目はだませやしない。プラネタリウムについては、アルネマル・レンクスですら、クリフトン・キャラモンがインターカム端末の記憶装置から知りえた情報程度しか知らないのだろう。

部屋の床が揺れた。

「〝ティエンクス〟が到着するぞ!」アルネマル・レンクスが、すっかり興奮したようすで大声をあげる。ほかの仲間同様、アルマダ共通語に歯擦音がまじった、鋭く突き刺すような声だ。

レオ・デュルクは、金属竿がうつるスクリーン二台のひとつに目をやった。そこには、不格好な箱のような構造体が浮かぶ。家二軒ほどの大きさだろうか。竿に沿って滑るように進み、それにより振動が生じる。これが床を揺らしたのだ。

「捕虜……いや、客人がまず乗りこむ」ガルウォの指揮官はそう告げ、部屋の正面にある大型ハッチをさししめした。「ヘルメットを閉じるのだ」

マットサビンが進みでると、

「ティエンクスは長いこと使われていませんでした」と、告げた。「われわれのうちのだれかがまず先に行って、機体に異常がないか点検するべきです」

アルネマル・レンクスが円錐形の頭を揺らし、一瞬考えこみ、

「そのとおりだな」と、同意をしめした。「きみが先に行ってくれ、マットサビン。きみから合図を受けたら、われわれの番だ」

若いクモ生物は宇宙服のヘルメットを閉じた。エアロック・ハッチが目の前で開くまで、前を見つめたままでいる。クリフトン・キャラモンは、肘で兵器主任をつつくと、

「かれらは、われわれをまず機内に送りこむだろう」と、告げた。「やつには用心しなければ」

＊

通信には従来のラジオカムが用いられた。ガルウォが着用しているターコイズブルーの宇宙服の技術は、セラン防護服の装置にくらべると原始的なもの。クモ生物は制限された周波しか通信手段として選べない。レオと提督はそれに応じて、なんの苦もなくヘルメット・テレカムを調整する。その気になれば、セラン防護服のマイクロプロセッサー装置に周波変更を命じ、ガルウォがアクセスできない周波で密談できた。ガルウォは

これを知っているから不信感をいだくのだろうと、レオ・デュルクは思った。

十分後、マットサビンから連絡がとどく。

「機内、異常なし！」

「進め」アルネマル・レンクスの声がヘルメットの受信機に響く。

ハッチが開いた。大型ポンプがエアロック室から空気を吸いだすくぐもった音がした。

「きみたちのキャビンは上層階だ。制御室のすぐ奥にある」アルネマル・レンクスがふたたび告げた。

その声は、レオ・デュルクの耳には、ほとんどとどかない。すでに外側ハッチが開き、霧がかった光につつまれたローランドレに目を奪われていたのだ。それはテラナーふたりにとり、異様で息をのむような光景だった。

ゆうに直径二十メートルはある巨大な金属竿二本が、霧の奥からガルウォの要塞へとのびている。基地が球形であることは、ここからはほとんどわからない。認識できる湾曲もない巨大な金属面が上下方向へ垂直に、左右にも視野ぎりぎりまではしっている。二本の竿はそれぞれ、一キロメートルはなれたところに位置する楕円形の開口部に消えていた。この二本をつなぐかたちで横向きにはしる竿が一本、要塞の壁の数百メートル手前にある。

その横向きの竿の上に、ティエンクスという名の乗り物は繋留(けいりゅう)されていた。不格好な箱形の構造体で、不規則に配置された楕円形の展望窓が数十ある。この箱がどのようなメカニズムで前進するのかは不明だ。鋼鉄のクモ、ランドリクスは、巨大なからだで金属竿にしがみついていた。それに対し、ティエンクスはただ竿の表面にとどまっている。おそらく、なんらかの磁気相互作用によって、輝く鋼にくっついているのだろう。機体の動きは、およそ円滑とはいいがたいようだ。さもなければ、数百メートル以上はなれた待機室の床を揺らすことはないだろうから。

基地の人工重力フィールドは、エアロック室の外側でとぎれた。遍在する光のなか、テラナーふたりは無重力で漂う。レオ・デュルクは、機体の基部に人間の背丈ほどのハッチを見つけた。無言でグラヴォ・パックのベクトリングを変更すると、暗い開口部に滑りこんだ。クリフトン・キャラモンが、すぐあとにつづく。

そこは、ふたりがかろうじて入れるくらいのエアロック室だった。おそらくこれが、アルネマル・レンクスがメンバーを分けて乗りこませる理由だろう。体長一・五メートルにも満たないガルウォですら、エアロック室に一度に入れるのはせいぜい四名といったところか。レオ・デュルクはあたりを見まわした。アルネマル・レンクスとその同行者数名の姿を探したのだ。ところが、向こうにある要塞の、恐怖をいだかせるような巨大壁のところでは、なにも動く気配はない。

ふたりは機内に足を踏み入れた。エアロック室につづく空間には椅子が置かれていた。

ふつうのスツールだ。ガルウォが休みたいとき、そこにからだを押しこむのだろう。重力を感じる。向こうの要塞内よりもわずかだが。レオ・デュルクはヘルメット内側のスクリーンの該当表示を点灯させ、自身の体重が四十三キログラムと確認する。つまり、〇・五Gに満たないわけだ。

ヘルメットを開けると、肩の上にくるまでうしろに押しやった。黴臭い湿ったにおいが鼻をつく。室内は明るく照らされていた。天井の発光プレートが、目にやさしい黄色がかった光を投げかける。とはいえ、なかには明滅するものや、まったく点灯しないものもある。レオ・デュルクは周囲を眺めた。埃が床をおおっている。足跡がひとつ、埃の層のなかをはしっていた。マットサビンのものにちがいない。スツールのクッションはすりきれているし、もともとは明るい色だったはずの滑らかな壁は色あせ、一連の汚い染みが目立つ。

「どうやら」提督が発言の意思表示をした。すでにレオと同様、ヘルメットをはねあげている。「この奇妙な機体は、もう数十年前から使われていないらしい」

ひょっとしたら、数百年前かもしれない。レオ・デュルクはそう考えた。いやな予感がする。どう見ても、機動性の低そうな乗り物だ。金属竿がレールの役目をするわけだが、竿にとどまるのはこの機体だけでなく、たとえばアルネマル・レンクスの司令本部のような構造体もくっついている。さまざまな機体が最終目的地に向かう以外の移動ができるとは想像しがたい。それぞれが独自の、ただひとつのルートだけを行き来するのではないか。この仮定が正しければ、つまりティエンクスは、司令本部とヒールンクスのプラネタリウムのあいだの移動のみに使われるわけだ。とはいえ、この機体は数十年来、ひょっとしたら数百年来、利用されていないだろう。

「やつはあの上にいる」と、クリフトン・キャラモン。

レオの視線が、提督の腕の動きを追う。部屋の奥に、急傾斜で上方にのびる斜路の出発点が見えた。埃の上の足跡はそこにつづいている。まちがいない。マットサビンは上層階にいるのだ。

ふたりはグラヴォ・パックのスイッチを切ると、わずかな人工重力の影響を受けながら進む。レオは、ひろい歩幅で斜路に向かった。

「用心しろ」キャラモンが注意をうながす。「あいつはなにをしでかすかわからない！」

レオ・デュルクは、提督の不信感は大げさだと思った。たしかにマットサビンは最初、自分たちふたりを容赦なく罰せよと主張したもの。かれの見解では、オルドバンが長く沈黙しているのはテラナーふたりのせいらしい。何度か死刑を要求してきた。はじめこそ、アルネマル・レンクスは助言者の提案を受け入れようとした。だがこのとき、クリフトン・キャラモンがとっておきの切り札を出したのだ。ヒールンクスのプラネタリウムについて、もっともらしくガルウォに話して聞かせた。これについては、直前にインターカム端末の記録装置から得た以外の情報はなにもなかったのだが。

提督はまず、アルネマル・レンクスの論理における誤りを指摘した。もしも本当に自分とその同胞部隊……換言すれば銀河系船団のことだが……のせいでオルドバンが沈黙しているとしたら、自分たち、すなわちレオ・デュルクと提督の協力によってのみ、アルマダ中枢をふたたび目ざめさせることができるのではないか。そんなふうに、堂々と説明したのだ。

それから提督は、ヒールンクスのプラネタリウムについて触れた。そこに行けば、オルドバンのもとに到達するためにはどうすればいいか、わかるはずだと主張したのだ。これは、まったくのブラッフだったが、効果覿面だった。ガルウォは異人がなんでも知っていることに驚き、アルネマル・レンクスは、ただちにヒールンクスのプラネタリウムの調査を進めることにした。

マットサビンは、それ以来なにもいわない。いまだに疑っているのかもしれないが、それでも、こちらを本気でたたきのめすつもりはないだろうと、レオ・デュルクは思っている。ガルウォのあいだで決定権を持つアルネマル・レンクスが、テラナーふたりを客人と呼ぶかぎり……たとえ、ときおり口を滑らせたとしても……マットサビンが提督と兵器主任を襲うことはないだろう。

レオ・デュルクは斜路を進み、ほぼ半円形の空間に到達。壁のまるい膨らみに沿い、無数のコンソールと制御装置がひしめく。楕円形の展望窓四つから、ローランドレの輪郭のぼやけた光が見えた。天井の下には、大型スクリーンがならぶ。これらすべてが時代遅れの宇宙船司令室を彷彿させた。まちがいない。ここからティエンクスを操縦するのだ。

気づくと、クリフトン・キャラモンがすぐうしろにいた。展望窓のひとつは、ガルウォの要塞の外殻をなす巨大な金属面に向いている。いまのところまだ、アルネマル・レンクスとその同行者の動きはまったくない。

クリフトン・キャラモンが、斜路の上端を跳びこえた。

「この状況を見ると」と、レオ・デュルク。「族長とその部下のクモたちを乗せずに出発したくなりますね」

「ばかをいうな」キャラモンが警告する。「そのためにアルネマル・レンクスは、われわれふたりだけ先に送ったのだぞ。こちらをためしているのだ。さらに、機内のどこかにマットサビンがひそんでいることを忘れてはならない」

レオ・デュルクは完全に納得したわけではなかった。色とりどりの制御ランプが誘惑する。どのレバーも、操作してほしいといわんばかりだ。

「この箱の操作方法を把握するまで、どれくらいかかると思うのだ?」と、提督。

レオ・デュルクにとり、これが決定的な言葉となった。非常に長くかかるだろう。いずれにせよ、アルネマル・レンクスが乗りこむのに要する時間よりも長いはず。それに、たとえ異技術をあつかう方法が瞬時にひらめいて希望を持てたとしても、それでなにを得られるというのか？　箱は、ここのとヒールンクスのプラネタリウムのあいだを往復するだけなのだ。ガルウォからは解放されても、ほかの目的地を選ぶことはできない。

「ならば、われわれのキャビンを見つけるしかありませんな」兵器主任がうなった。

空間の奥のまっすぐな壁には、ハッチが複数ならぶ。そのうちのひとつが、まちがいなく、アルネマル・レンクスがいっていたキャビンの扉にちがいない。レオ・デュルクはハッチを順々に見つめた。時代遅れに見える巨大な制御コンソールのひとつに背を向けて立ちながら、目のはしでクリフトン・キャラモンが急いで動くようすをとらえる。振り向こうとすると、極度の緊張に顔をしかめた提督がすでに駆けよってきた。レオ・デュルクには提督をよける時間がなかった。キャラモンがはげしくぶつかってくる。

「かくれろ！」と、あえぐような声が聞こえた。

レオは高い弧を描いて壁に衝突。この瞬間、周囲が地獄と化した。

＊

目の前に炎の壁が生じた。すさまじい爆発音をたてながら、制御装置がはじけとぶ。

二秒前まですぐ前にあった不格好な箱だ。レオ・デュルクは本能的に身を縮め、床を転がると、炎をあげ燃えさかる場所からはなれた。片手で、左上腕のスイッチを探る。個体バリアが明滅しながら展開。レオは安堵の息をついた。これでさしあたり、安全だ。

濃い煙が操縦室を満たす。前方のどこかで自動消火装置が作動し、音をたてながら泡を噴きだした。煙の奥から光がちらつく。クリフトン・キャラモンがエネルギー・バリアを作動させたのだ。向こうの右側のドアに、ガルウォのような影が見える。マットサビンだ！　ここで待ち伏せていたのか。提督が稲妻のように、黒煙を撃ちぬいた。まばゆいエネルギー・ビームがマットサビンをめがけて襲う。一瞬、破裂音が消火装置の音をうわまわった。クリフトン・キャラモンが怒りの声をあげる。防御バリアが消えていた。次の瞬間、レオ・デュルクは提督の叫び声を聞いた。

「みじめな卑劣漢め！　息の根をとめてやりたいくらいだ！」

煙のなか、レオ・デュルクは向こうのハッチでなにが起きたのか、わからない。ただ、甲高(かんだか)く悲痛な叫び声が聞こえた。まちがいなく、ガルウォの喉から発せられたものだろう。すると、マットサビンが弾丸のように空間を横切るのが見えた。八本の手足すべてを振りまわすが、それで怒り狂った提督があたえようとする運命を避けられるはずもない。裏切り者は、いまだくすぶる制御コンソールの残骸の上に、鈍い音をたてて着地する。かすかにすすり泣くような声が聞こえ、やがてしずかになった。

消火装置が火をすみやかに消しとめる。空調が作動し、煙を吸引した。床と、ふたつひと組の制御装置が、足首の高さまで消火用の泡におおわれている。装置のひとつは完全に破壊され、マットサビンの卑劣な発砲がもたらした爆発によって数千の断片と化していた。

レオ・デュルクは、個体バリアのスイッチを切った。キャラモンに近づき、手を伸ばすと、

「助かりました」と、礼をいう。「あなたがいなかったら、いまごろわたしはあの世行きだった」

「礼にはおよばない」提督はそう答え、手を握り返した。「偶然、相手が目にとまったのだ。やつがあれほど興奮していなければ、われわれふたりともやられていただろう」

マットサビンは装置の残骸のまんなかで動かない。ターコイズブルーの宇宙服が、消火装置の汚れた泡でおおわれている。それをクリフトン・キャラモンがつかんだとき、相手の前肢からブラスターが滑り落ちた。この銃で卑劣な急襲をしかけてきたわけだ。

提督は意識不明のガルウォを持ちあげると、空間の中央まで引きずっていく。

斜路の下から、歯擦音のような声が聞こえた。せかせかした足音が近づいてくる。まず操縦室に足を踏み入れ、惨状に気づいたのは、アルネマル・レンクスだ。不快の声をあげると、宇宙服のベルトの武器に把握手を伸ばし、金切り声で告げた。

「きみたちは、わたしの客人かもしれないが、この償いはしてもらうぞ」

＊

「あわてるな、指揮官」クリフトン・キャラモンが小ばかにしたようにおちつきはらって応じた。「われわれのような武器を持たない者が、どうやってこのようなまねをしでかすというのだ？」

アルネマル・レンクスは茫然として周囲を見まわした。すでに部下たちも斜路をあがり、爆発した装置を目にし、反応をしめしている。ひかえめな驚愕の声をもらす者から、はげしい叫び声をあげる者まで、個体差はあるが。

「なにがあった？」アルネマル・レンクスがたずねた。思ったほど容易には状況を判断できないと、すでにわかったようだ。

レオ・デュルクはマットサビンの微動だにしないからだをさししめし、手短に説明する。

「このようなふるまいにいたったのには、なにか理由があるにちがいない」アルネマル・レンクスが驚いていう。

人間のうめき声に相当するようなさえずり声をあげ、マットサビンは意識をとりもどした。おそらく、ふたたびクリフトン・キャラモンの逆鱗(げきりん)に触れないよう、しばらくのあいだ意識を失ったふりをしていただけだろう。いずれにせよ、明らかに指揮官の言葉を聞きとっていた。

「かれらは、全員の到着を待つことなくティエンクスを動かそうとしたのです」マットサビンが痛みをこらえるような声で告げた。

「本当なのか？」指揮官がたずねる。

「嘘だ」と、レオ・デュルク。「たしかに、そう考えたことは認める。だが、すぐにそんなことをしてもむだだとわかった。われわれ、どこに逃げればいいのか？　いずれにせよ、きみがわれわれを連れていこうとしている場所へか？」

そう告げ、アルネマル・レンクスを鋭い目つきで見つめた。あれはマットサビンの自主的行動だったのかどうか、確信が持てない。あの狡猾なガルウォは、指揮官からこうするよう命じられたのではないか。その疑いがどうしても、意識のはるか奥底で消えないのだ。だが、アルネマル・レンクスの表情からはなにも読みとれない。六つの目は、前方をじっと見つめたままだ。ようやく円錐形の頭部をふいに持ちあげ、細い腕でマットサビンをさししめし、

「きみは、客人に対する友好規程に抵触した」と、甲高い声をあげる。「卑劣な裏切りという罪をおかした。われわれが帰還したらすぐに、法で裁かれるだろう。それまで、きみをわが監視下におく」

それがどんなに無愛想な口調であったとしても、クリフトン・キャラモンを前にして、アルネマル・レンクスはお門違い（かど）の過ちをおかしたことになった。かれがまだ話しつづけているあいだに、提督はまるでいま聞いた話を理解できないかのように口をあんぐりと開け、指揮官がほとんど話を終えないうちに、まくしたてる。

「それが適切な処置だというのか？　その男はわれわれを卑劣にも待ち伏せ、間一髪でいっきに始末するところだったのだ……それなのに、罰として軽くとがめられるだけなのか？」

クモ生物の表情は解釈しにくいものだが、いまならわかるとレオ・デュルクは思った。ガルウォの指揮官はきわめてばつが悪そうだ。

「なにを期待したのだ？」と、苦しげにたずねてくる。

「マットサビンはわれわれの命を狙ったのだぞ」クリフトン・キャラモンがきびしくいった。「こちらは武装していない。おそらく、次はさらに巧みな攻撃をしかけ、実際にわれわれを殺すだろう。かれが近くにいるかぎり、われわれは安全ではない。マットサビンを置いていくべきだ」

しばらくのあいだ、アルネマル・レンクスはこの要求について真剣に考えているかのように見えた。ところが、きっぱりと把握手を振り、告げる。

「次はけっしてない。マットサビンは調査に同行させる」

＊

テラナーふたりに提供されたキャビンはじつに居心地がいいものだったが、ただ、ガルウォの趣味でしつらえられていた。椅子の類（たぐ）いはふつうのスツールしか見あたらない。レオも提督も、くつろぎたければ、床に腰をおろし、壁によりかかるほかなかった。カーペットは動物の毛皮でできているように見える。とはいえ、これまでガルウォの国で遭遇した有機生命体といえば、唯一ガルウォしかいないのだが。この毛皮はどこからきたのか。そして、そもそもクモはなぜ、動物の毛皮など思いついたのか。あとは想像にまかせるしかない。

ちいさな衛生ブースのおかげで、清潔に関するマナー違反をおかすこともなかった。たとえシャワー設備のノズルがガルウォの身体構造に合わせたもので、テラナーに無理な姿勢を強いたとしても。そのほか、食糧と飲料の自動供給装置があった。きわめて味気のないクモ生物の食物を提供するものだが、レオ・デュルクとクリフトン・キャラモンは一日一食だけ、ガルウォの料理から適当に選んでがまんすることにした。それ以外はセラン防護服に常備された凝縮口糧ですませるつもりだ。調査がさらに長びけば、このリズムを変更し、凝縮口糧は制限せざるをえなくなるだろう。レオ・デュルクは、そうならないことを必死に願った。とはいえ、ぶじに《バジス》にもどる方法について熟考するたびに、絶望に駆られる。

ガルウォの暦には、そうかんたんに慣れそうもない。ローランドレ内部にいたといわれるオルドバンは、かつて定期的に二種類のシグナルを発していた……正確にいうと、ほぼ一年の間隔をおいて発する低周波と、より頻繁に数時間ごとに発する周波のことだ。文明が発展するにつれて、ガルウォの時間感覚も進化を遂げ、オルドバンの時を告げる活動に直接依存せずにすむようになる。それでも、ガルウォの暦はいまだにほかのアルマダ種族、たとえばシグリド人などとは本質的に異なる。レオと提督がかろうじてわかったのは、ローランドレ外のアルマダ共通語にはない言葉〝一ハラー〟がほぼ三時間半にあたること。〝一マグレ〟は一ハラーの三千倍にあたる。つまり、テラの一年に相当するといっていいだろう。一日、一週間、一カ月という概念はガルウォにはない。つねに明るく照らされ、月もない世界なのだから当然だが。

アルネマル・レンクスによれば、ヒールンクスのプラネタリウムへは十ないし二十ハラーほどかかるようだ。この予測幅の大きさと、ガルウォとプラネタリウム間の往来がまったく頻繁ではないと示唆（しさ）する荒れはてた機体の状況により、レオ・デュルクは疑っていた。レンクス自身も旅がどれくらい長くつづくのか知らないのではないか。つまり、持参した凝縮口糧を節約するしかない。

おんぼろの乗り物ティエンクスがようやく動きはじめた。機体はあえぐようにがたがた音をたて、揺れながら進む。まるで、かつてレオ・デュルクがヴィデオで見たテラの古い四輪車のようだ。機体の下側が金属竿とじかに接しているのはまちがいない。ティエンクスがでこぼこなレールの上を通るたびに、はげしい振動がたよりなげな機体を貫く。

レオと提督のキャビンには、楕円形の展望窓がひとつあった。最初、たびたびその前に立ち、輪郭のぼやけた光を見つめたもの。だが、時間の経過とともに、そのようにしてもなにも見つからないとわかった。ローランドレをつつむ光には、有益な情報がまったくない。それを見つめることで、自分がどれくらいの速さで移動しているかわかるヒントさえ、得られなかったのだ。

「これ以上、外を見ていたら、眠くなってしまう」クリフトン・キャラモンは怒りをあらわにぶつぶついうと、背を向けた。

レオ・デュルクはセラン防護服のサイバー・ドクターと真剣な議論の最中だ。気分を向上させるため、緊急にアルコールが必要だとわからせようとしている。とうとうサイバー・ドクターは譲歩し、レオ所望の錠剤を処方した。この錠剤を皮肉屋は〝凍ったコニャック〟と好んで呼ぶ。兵器主任は、低いベッド二台のうちのひとつに手足をのばした。客人ふたりが休息の必要性に応じてからだを休めるようにガルウォが用意したものだ。粗末なクッションの原始的寝台は、レオにはちょうどいい長さだが、キャラモンにとっては災難だった！　かろうじて二メートルの寝台では、脚がベッドのはしをはるかに超え、かなりぶらさがってしまう。

アルコールが効いてきた。心地よい温かさがからだじゅうにひろがる。いささか不思議なことに、まだ眠くならない。レオ・デュルクは天井を見つめ、気の向くままに思考をめぐらせ、すべてがどのように起きたかを再構築しようとした。

＊

銀河系船団はローランドレの前庭を通過したのち、謎に満ちた構造体をあらゆる方向からとりかこむ光フィールドに迷いこんだもの。探知装置はもはや機能せず、ハイパーカムはうんともすんともいわなくなった。船団は方向を見失い、光に満ちた虚無をさまようことになる。この状況下でペリー・ローダンは、複数の小偵察隊に周囲を調査させるという考えにいたったのだった。どの偵察隊もメンバーふたりからなる。そのような小部隊が十一組スタートした。そのひとつが《バジス》兵器主任のレオ・デュルクとクリフトン・キャラモン提督のペアだ。表向きはレオが偵察隊のリーダーなのだが、最近の出来ごとにより、命令系統がわずかにあやふやになっている。

ふたりはミニ・スペース＝ジェット《リザマー》に乗りこんだが、出発の数時間後、牽引フィールドに捕らえられ、金属竿の上に着陸させられた。この竿が複雑なガルウォ

・ネットの一部だとわかるのは、もっとのちのこと。強制着陸の直後、竿に沿って、クモに似た怪物が《リザマー》めがけて突進してきた。鋼鉄のクモ、ランドリクスである。建造者の姿になぞらえてつくられた巨大ロボットだ。

クモは《リザマー》を切り刻むと、その断片を自分のなかに積みこんだ……どうやら、ガルウォの鋼製ネットにかかった物体を調査し、突きとめることができる場所に持っていくという使命を帯びているようだ。鋼鉄グモの配慮ない処置に対し、テラナーふたりはなかなか怒りがおさまらなかった。間一髪で脱出したとはいえ、機体同様に切り刻まれるところだったのだから。クリフトン・キャラモンはクモに向かって発砲し、深刻なダメージをあたえた。ランドリクスは、ただちに退却。レオと提督は金属竿に沿ってすみやかにクモを追い、数百キロメートルはなれた場所で発見した。

ランドリクスの乗員はすでに機体をはなれたようだった。そこで、テラナーふたりはなかに突入し、周囲を見まわした。それが間違いだった。なぜなら、ふたりがふたたび外に出たところで、ネット賤民が待ち伏せていたのだ。いつのまにか、鋼鉄グモの上に〝さまよえるネット〟がはりめぐらされていたのである。レオと提督は捕らえられた。

ネット賤民もまたガルウォ種族に属するとはいえ、主義を貫いて直系からはずれた変節者だった。クモ生物の社会はかつて母権制の原理を尊重していたが、本来のガルウォは新しい形態を発展させた。一方、ネット賤民は母権制を踏襲したのだ。

ネット賤民は、女王トルカントゥルの要塞に捕虜ふたりを連れていった。そこでクリフトン・キャラモンは、大胆な奇襲によりトルカントゥルと廷臣グループを人質にとる。ところが、《バジス》に帰還するための乗り物が見つかると期待して地表に向かう途中、テラナーふたりの計画は窮地におちいった。産卵を間近にしたトルカントゥルが、それまでの移動速度をたもてなくなったのだ。これにより生じた混乱を、女王の臣下である女戦士ギリナアルが利用し、賤民をけしかけてきた。人質とともに要塞の制御センターにいたレオと提督は包囲される。そこでハイパーカム装置を見つけ、ようやく作動させることに成功。ガルウォに援助要請を送った。

自分たちの食糧と技術知識を定期的に盗んでいるネット賤民の本拠をすでに長いこと追っていたガルウォは、進んでこの要請に応じ、トルカントゥルの要塞を襲撃した。だが、これで至福の時間がはじまるとデュルクとキャラモンが考えていたとしたら、ふたりとも思い違いをしたわけだ。ガルウォもネット賤民同様に、テラナーふたりを捕虜とみなしたから。おまけにガルウォは、この数十年の悪行において賤民をただちに罰したいと思っていた。それでも、レオ・デュルクはこれを阻止する。身を守るために要塞内に爆弾をしかけたと主張し、意にそぐわないことが起きた場合、いつでもこれを爆発させると脅したのだ。それればかりか、のちにはガルウォの指揮官であるアルネマル・レンクスを公けの場で説得することにも成功した。ネット賤民に対する報復処置は得策ではないと説き伏せて。

そのあと、ガルウォは捕虜をアルネマル・レンクスの司令本部に無理やり連行した。そこでレオと提督は、オルドバンの長い沈黙に対する責任を問われる。たとえいいがかりであるにせよ、クリフトン・キャラモンはこの好機を逃さず、ただちにこれを利用した。実際に自分たち、すなわち銀河系船団のせいでオルドバンが沈黙しているとすれば、ふたたびその沈黙を破らせることができるのは自分たちだけであり、それゆえ、われわれはここにきたのだと主張して。

ガルウォはおろかではなかった。これがご都合主義の主張だと、たちまち見ぬいたのだ。それでもクリフトン・キャラモンは、ただちにさらなる告白により、おのれの主張を強化した。レオとともにガルウォの捕虜として粗末なキャビンに囚われていたとき、提督は、記録装置と特殊プロセッサーからなるインターカム端末をこじ開け、若干の情報を引きだすことに成功したもの。その知識をここで披露したのだ。かれは声をかぎりに主張した……オルドバンにいたる道をどうやって見つけられるか、ガルウォが知らないならば、のこる可能性はヒールンクスのプラネタリウムだけだと。そこでなら、望む情報すべてをきっと入手できると。

これは効果覿面だった。アルネマル・レンクスが考えを変えたのだ。異人は好まざる侵入者ではなく、賢者だったわけだ、と。ガルウォの指揮官は、プラネタリウムの調査にそなえると申しでたもの。準備にはかなりの時間を要した。

それでも、いまはもうすでに調査隊は出発している。時代がかった乗り物、ティエンクスに乗りこんで。ティエンクスがきしみながら、金属竿のさらなる凹凸をはねるように乗りこえたさい、レオ・デュルクは、ベッドからほとんどほうりだされそうになる。

それでも最高の気分だった。

まもなく、眠りについた。

2

未知なるものに向かう旅のあいだの気晴らしは、古い機体のがたがたいう音だけではなかった。ターコイズブルーの宇宙服を身につけたガルウォが、楕円形の展望窓の向こう側にときおりあらわれる。アルネマル・レンクスの部下のいずれかだ。かれらが外でなにを探しているのか、最初は不明だった。それでも、このようすを観察するのはおもしろい。

クモ生物の宇宙服には、なんの推進装置も搭載されていない。ガルウォは不格好な太いノズルを携帯していた。これを反動装置として利用するのだ。一見、原始的でたよりない方法に見えたが、ハッチの向こう側ではねまわる者たちは、この反動ノズルのあつかいにおいてきわめて巧みな技を持つ。メートル単位まで綿密に計算されたその操作方法に、めったに感心することのない提督でさえ賞讃の声をあげた。

テラナーふたりとガルウォの接触はほとんどない。一度クリフトン・キャラモンが司令スタンドを調べたところ、ティエンクスは制御コンソールが破壊されたにもかかわらず、ある程度の安定した状態にあるとわかった。レオ・デュルクはアルネマル・レンクスの一戦士が展望窓の外で命知らずの作業に従事するのを、かれこれ一時間以上も観察したあと、二度めにキャビンをはなれた。指揮官は司令スタンドにいなかった。機体の操縦にあたっているガルウォが、下層デッキを兵器主任にさししめす。レオはいささか苦労しつつも、最高位にあるガルウォ用のキャビンを見つけだした。

アルネマル・レンクスは、驚いてテラナーを見つめている。どうやら、この訪問を予測していなかったようだ。

「不満をいいにきたのか？」と、おちつかないようすでたずねる。

「わたしになんの不満があると？」レオ・デュルクはにやりとしてみせた。「すべてこのうえなく順調だ。きみがマットサビンの手綱を握っているかぎり」

「マットサビンがきみたちを危険にさらすことは二度とない」と、レンクス。「では、なぜここにきた？」

「きみの部下が外でなにを探しているのか、知りたいのだ」レオ・デュルクはそう応じ、機体の外殻と思われる方向を漠然とさししめした。「キャラモンとわたしは、かなり長いこと観察してきた。かれらはなにをしている？」

アルネマル・レンクスはきしむような声をあげた。まるで、人間のため息のようだ。

「われわれ、この宙域の危険状況がわからないのでな」と、応じる。

「どう危険だというのか？　このネットの支配者はガルウォ種族だと思っていたが」

「そのとおりだ。すくなくとも、われらが世代と二世代前までが建造した部分は。だが、洞穴内を深く進んでいくほど、より古いネット構造体と関わることになる。三世代、十世代、ひょっとしたら五十世代前のものだ。どのようなならず者が洞穴の古い地帯をうろついているのかわからない。よく注意しなければ。ネット賤民のことを考えてみろ」

「かれらは安全だと思ったが」と、レオ・デュルク。

「おお、われわれが恐れているのはトルカントゥルではない」

「では、だれだ？」

「賤民にはいくつかの部族がある」と、アルネマル・レンクス。「そのうち最強なのは……あるいは最強だったのは、トルカントゥルだ。とはいえ、ほかの部族に留意しなくていいという意味ではない。この宙域における探知がどのような状況か、きみ自身わかっているだろう。装置は、五百キロメートル以上はなれた物体をまったくとらえない。さまよえるネットを手遅れにならないよう見つけるには、見張りの目が必要なのだ」

レオ・デュルクは話題を変えた。

「ヒールンクスのプラネタリウムに到達するまであとどのくらいかかるのか？」と、たずねてみる。

「数ハラーだ」アルネマル・レンクスは気がめいったように応じた。

「何ハラーなのか？」

「わたしにはわからない」指揮官が認めた。「われわれの仲間がプラネタリウムを訪問したのはずっと前のことだから」

「きみはまったくそこに行ったことはないのだろう？」と、レオ。

「そのとおりだ。わたしはプラネタリウムを見たことがない」

「だが、キャラモンがきみたちに告げたことは正しい、と」レオ・デュルクは、これが質問なのか肯定なのか判断しづらいようないいかたをした。「プラネタリウムは、知識の宝庫だ。そこでなら、オルドバンとローランドレについて知るべきすべての情報を得ることができる」

「そのように聞いた」と、アルネマル・レンクス。

レオ・デュルクは、疑問に対する答えにべつの方法で近づこうとする。

「どれくらい長く、司令本部を留守にするつもりだ？」と、たずねた。

「いくら長くかかろうと、プラネタリウムに到達するまでもどらない」と、アルネマル・レンクス。

「それはきみと部下たちにとって、大きな犠牲ではないか？」

「ふたたびオルドバンについての情報が入手できるのなら、どんな犠牲も大きくはない」

つまり、これは歴史上の悩みの種なのだ。オルドバンは、無限アルマダの周辺宙域ではむしろ伝説となっている。アルマダ中枢とも呼ばれ、そもそも実在するのかだれも知らない。ガルウォにとってはまったく現実の、日常生活の確実な一部なのだが。無限アルマダのフロストルービン通過後、オルドバンが突然に沈黙したとき、クモ生物にとっては世界が崩壊した。かれらはオルドバンに依存していたのだ……規則的間隔で送られてくる時間シグナルのことだけではなく、かれがローランドレの住民に提供する科学技術知識に関しても。オルドバンはガルウォにとり、自身の生存の定点であり、いつでもたよることのできる存在である。それが突然なくなったいま、混乱がガルウォを襲った。なんのためにおのれが生きているのか、もうわからない。かれらはいきなり、これまでたよっていた焦点を失ったのだ。

レオ・デュルクは、入室したさいアルネマル・レンクスに勧められたスツールから立ちあがり、

「なにがきみの心をとらえているのか、わたしにはわかる」と、告げた。実際に理解している。もうひとつの問題は、自分とクリフトン・キャラモンがガルウォを助けることができるかどうかだ。考えこみながら、つづける。「力のかぎりをつくそう。ヒールンクスのプラネタリウムに到達するのが早ければ早いほど、われわれ全員にとって好都合だ」

「ティエンクスは最大速度で進んでいる」アルネマル・レンクスが力なく応じた。「われわれもまた、われわれにできることをしよう」

レオ・デュルクはうなずいた。

「望ましい成果があるといいな」

＊

およそ二十時間後、ティエンクスが速度を落とした。さまざまな徴候でそうとわかる。レオ・デュルクとクリフトン・キャラモンは展望窓から外のようすをうかがったものの、速度減少の理由はわからない。とうとうティエンクスはきしむ音をたて、うめくように完全に停止。その衝撃で、レオ・デュルクはベッドから投げだされた。次の瞬間、レオと提督はイニシアティヴをとり、司令スタンドに駆けつけた。

そこでは異常なせわしさが支配していた。マットサビンをのぞくガルウォ六名全員が操縦室に集まっている。機首の窓から見て、金属竿が数百メートル先で膨らんでいるとわかった。どうやら、そのせいで機体が停止したようだ。

だが、理由はそれだけではなかった。竿の膨らみは遍在する光の乳白色の霧のなかにまだ見えるが、その向こう側に、一構造体がひろがっている。アルネマル・レンクスの司令本部やトルカントゥルの要塞と、大きさではけっしてひけをとらない。金属竿に巻きついたそれは、ティエンクスから見るかぎり、巨大シリンダーに見えた。直径はすくなくとも一キロメートルあるだろう。長さは何キロメートルなのか、とうていわかりようもない。

明らかに興奮して議論するガルウォがたてる騒音のなか、レオ・デュルクはようやく、自分の言葉をとどけることに成功した。アルネマル・レンクスのところまで突き進み、たずねる。

「これはどういうことか？　なぜ、停止したのだ？」

レンクスは、腕の一本で、膨らみをさししめし、

「われわれ、分配ステーションに突きあたったのだ」と、告げた。

「と、いうと？」

クリフトン・キャラモンが駆けつけ、

「膨らみの向こうで金属竿が自転している」と、いった。「シリンダーも同様に。どのような意味があるのか？」

レオ・デュルクはふたたび展望窓から外のようすをうかがい、キャラモンの観察が正しいとわかった。膨らみの向こう側の竿も巨大シリンダーも、かなりの速度で自転している。はじめに見たときはこれに気づかなかった。滑らかな金属面にはほとんど方向を見さだめる手がかりがなかったから。

「数えきれないほど前の世代の祖先が、この手の施設にどのような意味をあたえたか、わかるとでも？」「換言すれば、きみにはこれがなんであるか知らないわけだ」レオ・デュルクがそっけなくいった。「これから先はどうする？」

「問題ないさ」クリフトン・キャラモンが口をはさむ。いまもなお緊張したようすで窓から外を見つめていた。「この膨らみには、速度を徐々にあげて自転する多数のゾーンがあるようだ」

実際にそのとおりだった。じっくり観察すれば、全長一キロメートルほどの膨らみがピペットの胴部のように竿をかこんでいるとわかる。膨らみは幅三、四十メートルの帯によって無数に区切られていた。帯の自転速度は、ティエンクスからはなれていくほど、速くなる。その配列の意味はきわめて明確だ。竿を使って近づく乗り物は、シリンダーの速度にすこしずつ適合するということ。

「なんの問題もない」アルネマル・レンクスが提督の分析を肯定した。「ティエンクスを帯からべつの帯にうまく操縦し、分配ステーションをなんなく通過するのだ」

そう告げると、部下たちに指示をあたえる。十五分後、機体がふたたび動きだした。とくに苦労もなく、膨らみの山腹を滑り、第一の帯に到達。レオ・デュルクの計算では、それが一回転するのにほぼ二十八分かかる。はげしい衝撃がはしり、ティエンクスの機体がきしんだ。動く部分に着地したのだ。それでも、不格好な構造体は持ちこたえた。数分とどまったのち、アルネマル・レンクスはティエンクスを次の帯に前進させるように命じる。

機体内の変化はほとんどない。ほんのわずかな自転は、感じるほどの重力の影響を生みだすにはいたらないから。これは、さらにティエンクスが膨らみに近づくほど変化するだろうと、レオ・デュルクは思った。だが、ざっと計算したところ、巨大シリンダー同様に一分間に一回転と、もっとも高速自転する帯の上でさえ、たいした影響は感じまい。展望窓の向こうにひろがるぼんやりとした光には基準点が欠けている。つまりティエンクスが回転しているかどうかは、見た目ではわからないのだ。

こうして、一時間以上が経過した。機体は帯から帯に移動しながら前進し、膨らみのはしに到達。シリンダーのこちら側の先端までは、まだ二キロメートルほどある。金属竿は、幅百メートル以上ある穴を通り、巨大構造体のなかに消えていた。その配列はきわめて奇妙だ。竿は穴の表面から車輪のスポークのように出ている支柱四本によって、穴の縁にしっかりつながっている。これにより、竿はシリンダーとともに回転せざるをえない。

クリフトン・キャラモンはかぶりを振り、うなるように口を開いた。

「これがなんの役にたつのか、知りたいものだ。これまでの人生で、これほどのひねくれた構造は見たことがない」

「ガルウォは分配ステーションと呼びましたが」と、レオ・デュルク。

「で、それがなにを意味するのか、かれらはまったくわからないわけだ」提督はさげすむように告げた。「ここでなにを分配するというのだ？」

ティエンクスはふたたび動きはじめた。シリンダー前面の壁が近づいてくる。どんどん高くなり、鋼製の巨大な山のように視野の大部分を埋めつくした。不気味に見える遠くの穴は、最初はグレイに、のちにはくすんだ乳白色を帯びた。まちがいない。シリンダー内部は照明されているのだ。

機体は騒音をたてながら、スポーク四本のうち二本のあいだを通りぬけた。まもなく、直径一キロメートルの巨大な空洞内に出る。いまならわかるが、全長はほぼ十キロメートルだろう。光は、シリンダー内壁に埋められた無数の光源のひろい帯からはなたれている。レオ・デュルクは数えてみた。平均すれば幅五十メートルといったそのような帯は、ぜんぶで十二ある。帯のあいだのシリンダー面は汚れた灰褐色で、奇妙な直線模様が描かれていた。

「宇宙船ラーマよ、お助けを！」クリフトン・キャラモンがつぶやいた。

「農場だ！」レオ・デュルクは驚嘆の声をあげた。興奮のあまり、提督のつぶやきの意味をたずねるのを忘れる。「宇宙農場ですよ！　ここでは、かつて野菜を育てていたにちがいない」

＊

アルネマル・レンクスは、デュルクの仮説をすげなく否定した。

「われわれは合成物を食糧としている」と、きっぱりと告げる。「オルドバンが用意した施設で生成されたものだ。ガルウォは、けっして貧しい農民のように、生計を立てるため植物を育てようと汚い耕土を掘り返したことはない」

「ずいぶんと大げさだな」クリフトン・キャラモンが笑った。「新鮮なグリーンのレタスは、ともかくガルウォの合成ペーストよりはましだ。それに、祖先がいつか過去において、まさにきみがそれほど傲慢にも否定した作業に従事していなかったとしたら、きみは農民や耕土がなんであるかも知らないはずだが」

それでも、アルネマル・レンクスは認めようとしない。かつて同胞種族がみずからの食糧を栽培していたという想像は耐えがたいものなのだ。その理由は、かれの特異なメンタリティのどこかにひそんでいるにちがいない。レオ・デュルクと提督は、これについてさらに指揮官と話しあうのはむだだと思った。

だが状況は明白で、歴然としている。シリンダー内では大昔、農業が営まれていたにちがいない。それゆえ、シリンダーは自転しているのだ。植物が育つにはある程度の重力が必要だから。レオ・デュルクはすでに計算していた。一分間に一回転する直径一キロメートルのシリンダー内壁の重力加速度は、およそ五・五メートル毎秒毎秒……ティエンクス内よりもわずかに高い。

シリンダー壁の光の帯のあいだに見える直線模様は、それぞれの畑を区切るためのものだろう。種族が必要とする食物を育てるため、ここで〝貧しい農民が汚い耕土を掘り返した〟のは、どのくらい前のことなのか。だれにもわからない。そのようなとうに過ぎ去った時代の記憶は、どうやらガルウォの潜在意識にまだ存在するようだ。とはいえ、かれらはその記憶を追いだそうと必死なようすだが。

帯がはなつ光は、淡い黄白色で目に痛くない。クリフトン・キャラモンは、これを〝プランクの法則によれば、人工的におよそ一天文単位の距離に配置された一黒体の典型的な放射〟だと考えた。もちろん、確信はない。セラン防護服の計測装置が展望窓の厚い板に阻（はば）まれ、機能しないのだ。ティエンクスの装置にはたよりたくない。アルネマル・レンクスの自尊心をふたたび傷つける恐れがあるから。

シリンダー壁の灰褐色の物体は、凍った土だ。おそらく、真空で凍った植物の残骸がまじったものだろう。巨大なシリンダーがまだ本来の目的をはたしていた当時、竿が入っていく穴のかわりにエアロックがあったにちがいない。だが、とうにそれはとりのぞかれたか、崩壊したのだろう。巨大な空洞内部が真空となり、かつてガルウォの生活に役だったものはすべて滅びたわけだ。オルドバンがなぜ、ガルウォに自然の食糧を入手する習慣をやめさせ、そのかわりに合成食糧を製造するマシンをあたえようと考えたのか、それについて熟考するのはむだだろう。ひょっとしたら、人口増加のせいか、あるいは、外側から介入した劇的事象のせいかもしれない……無限アルマダのはてしなく長い波乱万丈の歴史においては、だれにもわからない。

「もういい」と、クリフトン・キャラモン。「ここで過去になにがあったのか、われわれにはわかるが、ガルウォはそれを認めたくないわけだ。せめて状況を近くから観察する機会があるだろうか？　われわれの任務と無関係だとは思うが、それでも個人的に、ほかの星間種族の歴史に興味があるのだ。それに、どうやらこれは……」

その先はつづけられない。はげしい衝撃とともにティエンクスが停止したのだ。突然、不気味な沈黙が支配した。

＊

ガルウォのあわてふためくようすで、かれらもなにが起きたのかまったく見当もつかないでいると容易にわかった。大急ぎで制御コンソールのカバーをとりはずし、ありとあらゆる器具で内部を調べている。

「機体はどのようなしくみで動くのか？」と、レオ・デュルク。

「ベクトリングされた重力だ」アルネマル・レンクスがいくつかの計測機器を携え、装置から装置に走りまわりながら応じた。

「ティエンクスを竿の表面にとどまらせるのも、同様の方法によるものか?」兵器主任がたずねた。

「いや。竿への連結はマグネットによるものだ」

レンクスはそう告げ、コンソール内部から姿をあらわすと、それまであつかっていた器具を無造作に床に落とした。テラナーがすぐれた技術知識を持つことを思いだしたのかもしれない。レオ・デュルクが機体の矛盾に興味をしめしたことで、望みをいだいたらしい。

「きみたち、われわれを助けられるか?」期待をこめてたずねてくる。

兵器主任はうなるようにいう。

「すべてが可能だ。わたしがきみなら、マットサビンが粉々に撃ち砕いた装置に原因を探す。というのも、もちろん……」

「探しているひまはなさそうだぞ」クリフトン・キャラモンがさえぎった。

レオが驚いて見つめると、キャラモンは展望窓のひとつをさししめした。操縦室の床のすぐ上、左舷にある窓だ。レオ・デュルクが目をやると、鉛色の金属平面が見えた。

何世紀も放置された結果、深く醜く刻まれた腐食の痕が見える。数秒後、ようやく理解した。いま見えているのは金属竿の表面なのだ。ティエンクスはいつのまにか、すでにそこを離脱している。

アルネマル・レンクスも、提督のさししめした方向を目で追った。ガルウォの指揮官は鋭い恐怖の叫び声をあげる。これにより、ほかのクモ生物五名も気づき、作業の手をとめた。なにが起きているかがわかると、だれもが泣き叫びはじめる。

レオ・デュルクは、目から鱗（うろこ）が落ちたような気がした。機体にどのような運命がさしせまっているか、一秒ごとにはっきりする。マグネット支持具が壊れたのだ。自転する竿表面の遠心力がたとえわずかでも、ティエンクスがシリンダー壁に向かってほうりだされるには充分だ。さらにひどいことに、状況は刻々と悪化していた。機体が竿から遠ざかれば遠ざかるほど、遠心分離作用によって生じた重力に吸いよせられる。輝く帯の中間、真空でかたまった凍土からなる灰褐色の表面がひろがるあたりでは、〇・五Gを超える重力が支配する。竿から離脱したティエンクスは、秒速百メートルを超える速度で、とうに放置された畑のいずれかに墜落し、大破するだろう。

レオは踵（きびす）を返し、

「まだなにが機能する？」と、ガルウォをどなりつけた。「機体を竿にもどせるか？」

「万事休すだ」アルネマル・レンクスが叫んだ。「重力ジェネレーターもベクトリング装置もマグネット支持具もきかない。われわれには駆動装置がないということ！」

「ならば、降りるしかないな」クリフトン・キャラモンが冷ややかに告げた。

「降りる……？」ガルウォの指揮官が理解できないといわんばかりにくりかえした。

「そうしなければ、きみたちは数分後、あそこで骨をひろうことになるぞ」と、提督。

そもそもクモ生物に骨があるのか、と、レオ・デュルクはいぶかった。とはいえ、この瞬間、それはどうでもいい。どうやらアルネマル・レンクスとその部下たちは、さしせまる危険をまったく理解していないようだ。クモの祖先がどれくらい前に宇宙農場を放棄したかはだれにもわからない。かれらのだれも、回転するシリンダーがどれくらい危険なものなのか、まったく知らないのだろう。

「いましかない！」兵器主任は叫んだ。「反動ノズルを忘れるな」

レオはアルネマル・レンクスの返事を待たずに、セラン防護服のヘルメットを閉じると、斜路を滑り、下層デッキにおりた。ガルウォの周波に切り替えずみのヘルメット・テレカムから音がし、クリフトン・キャラモンの声がとどろく。

「急ぐのだ！　かれは自分がなにについて話しているのか、わかっている。機体が墜落するぞ！」

レオ・デュルクがエアロック室を開ける。開錠装置を操作するあいだ、アルネマル・レンクスが抗議する声が聞こえた。

「マットサビンを置いていくわけにはいかない。かれに知らせなければ」

　提督はうめくような声をあげたが、なんといったのかはわからない。すでにレオ・デュルクはエアロック室に足を踏み入れ、背後のハッチを閉めた。はるか遠くから不明瞭な第三の声が聞こえる。

「その必要はありません。マットサビンはすでに事態を把握しています」

　これはマットサビン自身の声にちがいない。そうでなければ、意味をなさなかった。このとき裏切り者のガルウォがどこにうまくかくれていたのか気になったことを、兵器主任はのちになって思いだしたもの。もっとも、その疑問に長くとらわれることはない。外へ出なければ。それが喫緊の課題だ。機体の外側からのみ、ティエンクスがどれほど速く墜落し、安全な場所に逃れるための時間が乗員にどれくらいのこされているのかがわかる。

　ポンプが空気を吸いだすのがあまりに遅く感じられた。外側ハッチが開くと、生じた開口部に可及的すみやかにからだを押しこむ。目の前にひろがる光景は、奇妙なものだった。五百メートルもはなれていないところに、かたまった腐植土の灰褐色の面と、シリンダー壁に沿って光る幅広の帯が見える。

　振り返り、不格好な箱のような機体を見つめた。シリンダー周辺は見通しがいい。ティエンクスは宇宙の真空にななめに浮かび、これまでレールとして機能していた金属竿から、秒速一メートルの速さで遠ざかっていく。

「早く降りたほうがいい」レオはヘルメット・テレカムのマイクロフォンに向かって大声を出した。「あと二、三分もすれば、機体は墜落するぞ」

実際は、あとどのくらいもつのか見当もつかない。それでも、ティエンクスが竿からはなれればはなれるほど、墜落が速まるとわかる。

「もう脱出したとも」クリフトン・キャラモンの不機嫌そうな応答があった。「このばか者どもを説得するのは、たいそう骨が折れた……」

レオ・デュルクは、それ以上なにも聞こえなくなった。視界のはしが信じがたいほど明るくなる。機体が爆発したのではないか。一瞬、そう思った。すると、右肩にはげしい衝撃を受け、灰褐色の畑に向かって投げとばされた。

＊

レオ・デュルクがまず気づいたのは、ヘルメット・テレカムにとどろく声だった。

「マットサビンがうしろにいる、レオ！　たのむから、やつを避けてくれ！」

まだ朦朧（もうろう）とする意識のなか、兵器主任はグラヴォ・パックの制御装置にがらがら声で命令を発した。同時に個体バリアを展開する。クリフトン・キャラモンの必死の叫び声により、二度めに背後が光ったときには間一髪でまにあった。バリアがビームの致命的エネルギーを吸収すると、それに沿って揺らぐ鮮やかな光が舞う。

レオ・デュルクは、すでに驚きの最初のショックから立ちなおっていた。武装していないのだから、生命に関わる。マットサビンはみずからの大きな危険もかえりみず、指揮官の意思に反してまでテラナーふたりをつけねらってきたのだ。なにゆえそれほど手に負えない憎しみをいだいたのかは、だれにもわからないが、いまはそれについて頭を悩ませている場合ではない。レオは旋回した。最初の一撃で、機体から百メートル以上も飛ばされていた。いまも速度をあげながら、シリンダー壁に向かって押し流されている。グラヴォ・パックが墜落から守ってくれるだろうから、深刻な問題はなさそうだが。しかし、マットサビンはどこだ？　どのような武器を所持しているのか？　個体バリアを突破するのに充分な威力を持つものか？

機体の開いたエアロック・ハッチの前で、防護服姿の七名が漂っている。クリフトン・キャラモンとガルウォ六名だ。だが、マットサビンはどこにかくれている？　一秒たらずで、レオは制御装置にあらたな命令をあたえた。シリンダー内を通るコースは、急カーブの連続だ。これが悪質な暗殺者の目的を妨げるだろう。同時に兵器主任は、シリンダー壁に近づく速度を徐々に落とすようにした。ヘルメット・テレカムにガルウォの声が押しよせる。アルネマル・レンクスが命令を次々とがなりたてているのだ。だが、これがマットサビンのじゃまをするとは思えない。

「光だ！」キャラモンの声が耳をつんざく。「気をつけろ……やつは光のなかからきみに近づくぞ！」

レオは見あげた。シリンダーの向こう側のきらめく光の帯を背景に、ほとんど認識できないようなちいさな点が見える。マットサビンの戦術は巧みだった。豊富な戦闘経験を持つにちがいない。光を背にし、すでにこちらに五十キロメートル未満の距離まで近づいている。点の大きさに惑わされてはならない。暗殺者はとうに射程距離に達し、危険な速度で接近してきた。脚二本で反動ノズルをはさみ、把握手には大型武器を携えて……敵にすこしのチャンスものこさない戦士だ。

レオ・デュルクは突然、わきによけた。マットサビンのブラスターから白い炎の筋がはなたれ、数メートル横をかすめる。失望の叫び声が、ヘルメットの受信機に響いた。青白い炎が反動ノズルの後端からゆらめく。ガルウォは賞讃すべき巧みさでコースを変えると、ターゲットの背後にまわった。

すると、急降下してくる。まるで、獲物を見つけ、まさにそのからだに噛みつこうとするオオタカのようだ。そのときレオ・デュルクは、テラナーの個体バリアのかすかなきらめきに気づいて息をのんだ。クリフトン・キャラモンだ！　あの老提督、なにをするつもりか。驚きで、兵器主任は次の回避行動を忘れた。マットサビンのビームがバリアをかすめ、輝きをはなつ。

ヘルメット・テレカムが突然、しずかになった。恐怖のあまり、ガルウォたちは口もきけないでいるようだ。マットサビンはまだ第二の敵に気づかない。クリフトン・キャラモンは高い位置から、暗殺者のななめ背後にあらわれた。弾丸のようなすばやい動きだ。

奇襲は完璧だった。ちょうどガルウォのふたたびはなったビームが、腕の長さぶんだけレオ・デュルクをはなれてかすめたところだ。兵器主任は、マットサビンにもうほとんど目的を達成したと思わせるため、それまでほど機敏には動かない。こうして若いガルウォの戦闘意欲を駆りたて、振り返らないようにさせたかったのだ。はげしい衝突が起きて、クリフトン・キャラモンの防御バリアが強く光る。鋭い悲鳴が聞こえた。マットサビンの把握手から大型ブラスターが飛ばされ、旋回する。

レオ・デュルクは安堵の息をついた。最悪の危険は回避されたのだ。ところが一秒後、ガルウォの叫び声にぎょっとした。目をやると、マットサビンがシリンダー壁に向かって突進するのが見える。クリフトン・キャラモンの変形自在のエネルギー・バリアのせいで、衝突の勢いがつきすぎたのだ。提督は暗殺者と衝突したポイントから動かず、とどまっている。そのため、暗殺者に衝突の全運動量が伝わったわけだ。

マットサビンがキャラモンを通りすぎ、巨大シリンダーの光に満ちた真空を通りぬけた。武器を失ったいま、反動ノズルを把握手でつかみ、墜落をくいとめようと必死のようすだ。自転するシステムが、おのれの目だけがたよりの自分にどのようなトリックをしかけてくるのか、わからないのだろう。かれがそれまでいた金属竿は、シリンダー周辺と同じ角速度で回転している。だが、遠心力作用を左右するその直線速度は、シリンダー壁と比較できないほどわずかだ。マットサビンがさらに動けば動くほど、コリオリ力の影響で、かつての宇宙農場の灰褐色の表面が急速に近づいてくる。若いガルウォはパニックにおちいった。反動ノズルによって墜落速度を減少させるかわりに、シリンダー壁がはなれていく速度をさげようとし……これにより、死に近づいていく。

レオ・デュルクは敵が窮地にあるとわかった。マットサビンはノズルを操作するたび、さらに強く遠心力に吸いこまれていく。墜落速度は刻一刻と上昇。ガルウォたちも危険に気づいた。叫び、金切り声をあげながら、仲間に近づく。ところが、マットサビンほど反動ノズルのあつかいに慣れていないようだ。若いガルウォが助かるチャンスはまったくない。

「さ、提督、行きましょう！」レオ・デュルクが跳びだした。「われわれが助けなければ」

「だれがきみのいうことにしたがうものか」クリフトン・キャラモンがあえぎながら応じた。「あのおろか者を救うために、わたしがさんざん苦労したと思うのか？」

「かれは墜落してしまいます！」と、レオ・デュルク。

「墜落するがいい」提督が冷酷に応じた。「やつが近くにいるかぎり、われわれの命は安全ではないからな」

「そんなことを認めるわけにはいきません」

兵器主任はそう告げると、すばやく決心し、グラヴォ・パックのベクトリングを変更。墜落する男のあとを、弾丸のごとく追う。キャラモンとの短い会話はインターコスモだったが、こんどはアルマダ共通語で叫んだ。

「きみはノズルを誤った方向に操作している！　見るがいい。下の光の帯の動きが速まっているぞ。遅くなってはいない！」

すぐに応答があった。

「体勢をととのえたらすぐにもおまえに死をあたえてやる、いまいましいよそ者め！もうだれもおまえを助けないぞ。アルネマル・レンクスの言葉などわたしには関係ない。わたしはかれの……」

「おろか者！」レオ・デュルクが叫ぶ。「墜落するのがわからないのか？　反動ノズルをとめるのだ。迎えにいくから！」

「くるがいい！」ガルウォが歯擦音をたてた。「ノズルが武器になるとは思わないのか？」

レオ・デュルクは相手の言葉を受け流し、マットサビンから見て上方のシリンダー縦軸から近づく。制御装置にさらにいくつかの命令をあたえた。まもなく、ガルウォを捕まえられるだろう。以後グラヴォ・パックは、大荷物を運ぶ準備をしなければならなくなるが。

攻撃はまったく予想外だった。レオ・デュルクは一瞬たりとも、マットサビンがばかげた脅しを実行にうつすとは思わなかったのだ。ところが、反動ノズルの微光がはなたれ、兵器主任をつつんだ。かすかな圧力を感じたが、反動ノズルの放射威力は、従来の兵器にくらべればわずかだ。個体バリアがたやすくこれを吸収する。

だが恐ろしいことに、ガルウォはこの行動によって最終的に、みずからに死刑を宣告することになった。ノズルを最大出力に切り替え、放射はまっすぐ上に狙いを定めていたから。ほとんど発射し終わらないうちに、マットサビンはレオ・デュルクの目の前で石のように墜落していく。兵器主任にとり、反抗的なガルウォを救う可能性はこれまでごくわずかだっただろうが、この瞬間、ついにゼロになったのだ。

マットサビンは、弾丸のように高速で墜落していく。最後に卑劣にもレオを攻撃したさいは、まだ凍土表面から二百メートル上空にいたが、それから一秒もたたないうちに、かれの運命は完結した。

衝突地点で生じた暗褐色の濃密な塵雲（じんうん）は、真空のなか、ふたたび驚くほど速く地表に沈んだ。すでにレオ・デュルクは、命知らずの飛行に制動をかけて、落ち葉のようにふわりと広大な地表に降りたった。遠心力によって生じた重力につかまれ、一瞬、膝をつくが、すぐにあたりを見まわす。

二十メートルもはなれていないところに、マットサビンが衝突したさい生じたクレーターがあった。若いガルウォ自身のシュプールはなにもない。

おもむろに、個体バリアのスイッチを切った。ヘルメット・テレカムのマイクロフォンに向かって、力なくアルマダ共通語で告げる。

「こちらにきてくれ。狂気の犠牲になった者がいる」

3

ガルウォは次々と用心深く、ほとんどこわごわと、ノズルから巨大な炎を吐きだしながら着地した。クリフトン・キャラモンは上空で浮遊し、最後のガルウォが六本脚で立つまで指示をあたえつづけた。かれらは実際、シリンダーの設備をよく知らないようだ。コリオリ力と遠心力がいかに危険に満ちたものであるかもまったくわかっていない。

レオ・デュルクはかたわらに立ったまま、着地のようすにほとんど注意をはらっていなかった。口のなかがからからで、心にぽっかりと穴があいたようだ。回避可能な一連の事象により一知性体が死を迎えたときは、いつもこうなる。それにしても、クリフトン・キャラモンには腹がたった。救助のさい、手を貸そうとしなかったから。とはいえ、怒りはすぐにおさまるだろう。キャラモンが正しいのだ。マットサビンはふたりにとり、これから先も致命的危険でありつづけただろう。なんといっても、提督は命の恩人なのだし……それも二度めだ。恩人に対し、だれが長く怒ったままでいられるものか。

ガルウォ六名がクレーターのあたりでなにやらごそごそやっている。長い指で土をかきまわし、これをわきにすくい投げて、二十分後、墜落者の最初の残骸を掘りあてた。宇宙服は衝突に耐えられなかったようだ。墜落の衝撃がマットサビンの死因でないとすれば、急激な減圧により命を落としたのだろう。

アルネマル・レンクスが重い足どりで兵器主任に近づいてくる。ガルウォの指揮官がこのような絡みつくような声をあげて話すのを、レオ・デュルクは出会って以来はじめて聞いた。

「なぜ、このような事態を招いたのか？」と、たずねてくる。

「わたしも疑問だ」と、レオ。「あれほどの憎しみは、いったいどこから生まれた？なぜ、あの若者はきみの指示にしたがわなかったのか？」

「そんなことをいっているのではない」アルネマル・レンクスはうつろに告げ、背を向けた。

兵器主任は、そのうしろ姿を見つめた。いまの言葉でなにがいいたいのか？ マットサビンの死に対する責任を、こちらに負わせるつもりか？ 若いガルウォが墜落のさい叫んだ言葉が、ふたたびレオ・デュルクの脳裏に浮かんだ。〝アルネマル・レンクスの言葉などわたしには関係ない。わたしはかれの……〟かれの、なんだ？ レオは最後の危機的瞬間、マットサビンの言葉に注意をはらうどころではなかった。救出しようと必死だったから。とはいえ、いまは考えてしまう。ガルウォの指揮官とあの反抗的な若者のあいだに、どのような関係があったというのか？

「おい、機体のことを忘れるな！」この瞬間、クリフトン・キャラモンが叫んだ。

レオは昂然と頭をそらした。提督が生き生きと発した言葉を反芻しながら、辛辣に思った。実際、この男はこの期におよんでまだ事態を楽しんでいる。

ティエンクスはだれからも注目されないまま、さらにシリンダー中心軸から遠ざかっていた。制御メカニズムか駆動装置があれば、機体の直線速度をシリンダー壁のそれに合わせることができただろうが、もはやたよることはできない。機体はコリオリ力の影響を受け、さらなる弧を描く。まるで軽く滑空しながら降下するようだ。もちろん、それがひたすら向から地面は、機体よりも毎秒百メートルほど速い速度で動いている。

ティエンクスが激突したのは、一キロメートル以上はなれた地点だった。十二の光の帯のうちのひとつのはずれだ。衝突の衝撃でシリンダー構造体が震え、機体は引き裂かれた。膨大な慣性力に構造が太刀打ちできなかったのだ。爆発し、数百の破片と化す。そのうちのいくつかは、光の帯に音をたてて振りかかり、斜路を粉砕した。塵と土が空中に渦巻き、あっという間にふたたび沈む。

レオ・デュルクは思った。なんと悲しい光景だろう……マットサビンの無意味な死に対する、威厳に満ちた後奏曲だ。

一分が経過。シリンダーの振動はしだいにおさまり、ふたたびしずかになった。突然、重々しい声がする。

「これからどうする？　われわれ、完全に切りはなされてしまった。前進も後退もできない」

アルネマル・レンクスの声だろう。機体の墜落が、指揮官から自信の最後のひとかけらを奪ってしまったにちがいない。

「ばかな！」クリフトン・キャラモンの鋭い声が響いた。「きみたちには反動ノズルがあるし、われわれにはグラヴォ・パックがある。遠征をつづけるのだ。ヒールンクスのプラネタリウムは、もう遠くはないだろう！」

しばらく、ガルウォを驚きの沈黙が支配した。やがて、アルネマル・レンクスがふたたび口を開く。

「こんなことが起きたあとでも、さらにわれわれと旅をするつもりか？」

「もちろんだ。それは合意事項のはずだが？」

すくなくとも、相いかわらず上機嫌のままでいる者がひとりいるわけだ。レオ・デュルクは皮肉にそう思い、アルネマル・レンクスの反応を緊張して待つ。

「きみたちは、運命があたえるかもしれない罰を恐れないのか？」

クリフトン・キャラモンは軽蔑するように笑い、大声をあげた。

「きみが偉そうに運命と呼ぶものが復讐心を意味するのならば、肝に銘じておくがいい。

わたしがガルウォを恐れる日がくるとしたら、その日をカレンダーに赤く記しておくのだな。そもそも、きみがカレンダーというものを持つならばだが」

なにをしようというのか？　レオ・デュルクはため息まじりに思った。この男は生涯、謙虚さの美徳というものを学ぶことはないだろう。

＊

金属竿にもどるのはまさに容易ではないとわかった。まずシリンダー周辺の遠心力を無効にするにも、次にほんのすこし上昇するにも、それに必要な出力をガルウォの反動ノズルが得るにはかなり苦労することになる。アルネマル・レンクスはプライドがじゃまして……あるいは気分を損ねたため……テラナーの手を借りようとはしない。ノズルを噴射しまくり、ようやく充分な浮力を得た。この必死の努力のあと、かれのエネルギー・タンクがあとどれくらいもつのかは、またべつの問題だ。

部下のガルウォ二名はレオとCCの援助を進んで受け入れた。テラナーは二名を三百メートルの高さまで導き、そのさい、シリンダー壁によって奪われる回転速度をはるかにあげた。その結果、墜落の危険はもうない。のこりのクモ生物三名は、指揮官にならった。かれらもまた、妨げられない上昇をじゃまする自然律について、どうやらほとんど知らないらしく、非常に多くのエネルギーを浪費している。

金属竿表面に到達するのに、一時間以上もかかった。途中、クリフトン・キャラモンが指示を出す。

「竿は自転している。その表面には、たとえシリンダーにくらべてどんなに弱いとしても、ある程度の遠心力がある。つまり、きみたちは竿を、基地にいるのと同様にくつろいで動くことができるたしかな基盤としてみなすことはできない。押し流されないよう、ときおりノズルを利用しろ。シリンダーの向こう側に行けば、竿はふたたび動かなくなると思う。その後、事態は容易になるだろう。とはいえ、プラネタリウムがあまりに遠くはなれているとわかったら、どっちみち飛行して移動しなければならない。さもないとけっして到達できないから」

数秒ほど口をつぐむと、ふたたびつづけた。

「もうひとつ。わたしはきみたちを信用していない。アルネマル・レンクスは狂気に駆られた者の死をわれわれのせいにしようとし、運命がわれわれにあたえる罰について言及した。実際、運命というのはかれ自身のことだろう。こちらは武装していない。きみたちに危害をおよぼすことはできないし、そうしようとも思わない。唯一われわれが興味を持つのは、ヒールンクスとそのプラネタリウムだけだ。そこまでぶじにたどりつきたい。したがって、きみたちは安全距離をたもち、われわれに先行して動くのだ。これまでどおりヘルメット・テレカムで意思疎通をはかろう。ひとつ約束しておくが……」

その声が冷ややかになる。「……われわれに危害をくわえようとする者は、マットサビンと同様の運命をたどるだろう」

驚いたことに、この言葉は効果をしめした。ガルウォが、いわれたとおりにしたのだ。ここ数時間の出来ごとは、クモ生物から勇気と自信を奪い去ったにちがいない。重武装の六名が、丸腰のテラナーの命令にしたがったのだから。かれらは竿の表面に跳びおり、しゃがみこむと、シリンダーの向こう側の先端に向かっておそるおそる近づいた。足もとがはなれないよう、CCに命じられたとおりに、ときおり反動ノズルを作動させながら。

うまくいったじゃないか、と、レオ・デュルクは皮肉に思った。個性の力にまさるものはなにもない。

*

一時間も経過しないうちに、かれらはシリンダーをはなれた。ガルウォは軽くしなやかな足どりで進む。テラナーふたりがかなり遅れをとったなら、グラヴォ・パックを使えばいいことだ。会話はない。レオ・デュルクと提督は、クモ生物のヘルメット・テレカムが利用可能なすべての周波に耳をかたむけたが、たまに叫び声がするのをのぞけば、ほかにはなにも聞こえなかった。当然ながら、ガルウォとテラナーのあいだではひと言もかわされない。前者はマットサビンの死に対する怒りをいだいていたし、後者は、同行するクモ生物たちからは、いずれにせよなにも情報を得られないと知っていたから。

シリンダーの吊りさげ部に関するクリフトン・キャラモンの推測は正しいと証明された。それは左右対称だった。反対側には、すこし前にティエンクスに乗っていたときに見たのと同じ回転部がある。竿に一種のピペットのような膨らみがあり、その表面がさまざまな自転速度の帯に分かれているのだ。レオ・デュルクは、このときはじめてじっくりガルウォの技術について考えた……あるいは、ひょっとしたら、ここで考えるべきはオルドバンの技術なのか？

異なる速度で自転するゾーンを持つふたつの回転部は、あらゆる銀河の保守技師にとり、悪夢を思わせるような構造体だ。そもそも、宇宙農場全体の荒廃した状況を鑑みれば、これらがまだ動いているのは奇蹟といわなければならない。たしかに、金属竿はガルウォ・ネット内における交通網として重要だし、自転するのも当然だろう。これはかつて、シリンダーのたしかな構成要素であるふたつのエアロックにしっかりと連結されていたのだから。エアロックはシリンダーとともに回転していたのだ。とはいえ、なぜ農場をただたんに、ネットのわきに建設しなかったのか？　ガルウォは、いかにのろくとも宇宙航行可能な機体を所有する。そうすれば、故障しやすく面倒な回転シリンダーを避けることができただろうに。

れ、ガルウォの文化史を記し、これらを説明するだろうか。あるいは、ひょっとしたらその日は訪れないかもしれない。クモ生物の行動の多くはオルドバンの指示によるもので、場合によってはオルドバンからの情報はもうなにも得られないかもしれないから。ただ事情がどうであれ、これらの事象は、通りすがりの第三者として考えるにはおもしろい。とはいえ、なんといっても興味を引かれるのはヒールンクスのプラネタリウムだ。そこでなら、ローランドレにどのような意義があるのか、わかるだろう。それから……

それからどうなるかは、だれにもわからない。

金属竿をつつむ光の帯は目に痛く、理性を鈍らせる。五時間におよぶ行進のあと、クリフトン・キャラモンはガルウォが盗聴できない周波に切り替え、インターコスモでこういった。

「そろそろ休息が必要だ。指先にいたるまでとことん眠くなった」

「前方のやつらにそういってくださいよ」レオ・デュルクがうなった。「わたしはまちがいなく賛成です。もう指先の感覚さえないくらいで」

キャラモンは一刻もむだにしない。ガルウォの周波にもどすと、とどろくような声をあげた。

「アルネマル・レンクス、われわれには休息が必要だ。どこに宿営しようか？」

「必要なら休むがいい」そっけない返答がある。「われわれは先に進む」

「おや、そうか？」提督が笑った。「で、次のシリンダーにいたったら、墜落するわけだな？　まさにあの仲間同様に」

しばらくしずかになる。ささやき声が聞こえたが、なにをいっているかはレオ・デュルクにはわからない。やがて、アルネマル・レンクスがふたたび告げた。

「部下がいうには、この先に、竿がネットの古い部分につながる分岐点があるそうだ。そこなら安全に休める場所が見つかるだろう」

「では、行こう」と、クリフトン・キャラモン。「そこまで、どれくらいかかる？」

「半ハラーだ」

ここで、レオ・デュルクが口をはさんだ。

「われわれが先に飛ぶ。きみたちはあとからついてくるがいい」

横目で、提督のヘルメットがうなずくように動くのを確認した。

「じつに用心深いぞ、兵器主任」ＣＣの賞讃の声が聞こえる。「敵を混乱させる。それこそ、すぐれた戦術だ」

＊

ふたりはガルウォの頭上を、安全距離をたもちながら飛びこえると、先行した。そのさい、レオ・デュルクは下を見おろした。すばやく飛び去るこちらに対して、クモ生物はすくなくとも武器を向けようとするだろう。そう推測したが、その手の行動はとらなかった。六名は無関心のままのろのろと竿の表面を進みつづける。速く前進しようと、ときおり反動ノズルを後方に向かって噴射しながら。テラナーふたりの命を狙う存在には、とても見えない。

レオは、これを言葉にした。

「だまされるな」提督がきびしく応じる。「かれらのメンタリティはわれわれのものとは違う。復讐するつもりだ。われわれがマットサビンを殺したと思っているから。それでも、勝算を確信するまでは、こちらに気づかせまいとするだろうな。今後は、一瞬たりともクモたちから目をはなさないようにしよう」

「どうやるんです？　われわれふたりとも眠る必要があるのに」兵器主任が不機嫌にたずねた。

「これまで同様さ。ひとりが眠り、ひとりが見張る。そして、かれらとの距離をたもち、必要とあればいつでも個体バリアのスイッチを入れられるようにしておこう」

ふたりは、遍在する光のぼんやりとした輪郭のなか、ただ金属竿だけをたよりに方向を定め、前進した。ふたりともひと言も話さない。数分後、レオ・デュルクがふたたび口を開き、

「思うに、あなたはガルウォを誤解しています」と、告げた。「かれらに悪意はない。ただ混乱しているだけですよ。これまでかれらに指示をあたえてきたオルドバンが何カ月も連絡を絶っているので、どうしたらいいか、もうわからないのでしょう。ガルウォの一員であるマットサビンが理性を失ったからといって、あの種族全体を非難すべきではありません」

キャラモンは、レオの話を最後までさえぎらずに聞いた。短い間をおいて、うなるように応じる。

「好きにしろ。わたしにとり重要なのは、みずからの窮地を救い、任務を完遂すること。ガルウォが混乱しているのならば、気がすむだけそうさせておこう。混乱するあまり、わたしを破滅させようとしないかぎり」

レオ・デュルクは、もうなにもいわない。そもそも、キャラモンのいうとおりだ。ふたりにははたすべき任務があり、それをじゃまする者は全員、敵になる。それでも、苦悩が心をとらえてはなさない。ガルウォにも同様のはたすべき使命があり、自分たちがそのじゃまをしているとしたら？　それはどのような使命なのだろう？

マットサビンの死に対して復讐することとか。そのさい、実際にだれのせいでかれが死んだか、あるいは文明社会における復讐の掟に存在価値があるかどうかは、まったく関係ない。重要なのはただ、ガルウォが特定の法律、規則あるいは倫理規範にしたがい行動することに重きをおいているかどうかだ。その場合、かれらをどう非難できるというのか？

クモ生物に寝首をかかれてはじめて、すべての疑問に対する答えを得られるのだろう……疲労のせいか、一種のブラックユーモアのようなものが兵器主任をとらえた。おそらく、CCは正しい。用心しなければ。だが、この手の複雑な事象について考えたくとも、頭がまったくまわらない。あまりに疲労困憊なのだ……

「ほら」この瞬間、クリフトン・キャラモンが声をかけた。「実際、前方に分岐点が近づいてくるぞ。あれが見えるか！」

*

分岐点というのは、ほとんど適切な表現ではない。薄い霧のなかから目の前にあらわれたのは、幾重にも枝わかれした複雑な構造体で、巨大なクモの巣の結び目みたいだった。これまで移動に使ってきた竿がそこで終わり、さらに細い七本の竿に分かれている。それが一種の扇形にひろがり、ガルウォの洞穴の深みにまっすぐつづいていた。

さらに近づくと、ネットの古い部分がここからはじまったとわかる。細い竿……とはいえ、すくなくとも直径十二メートルはあるが……七本の表面は、時間の経過により黒ずんでいた。あちこちに腐食の痕が見られる。これが、いままで進路をしめしてきた太い竿と同じ素材でできているとは、とうてい思えない。竿が合流する、あるいは枝わかれするポイントには、まるで軟骨の膨らみのような結合部と接続部品がとりつけられていた。さまざまな種類の素材がじかに接触するところでは、腐食がもっとも顕著だ。さらに五十年から百年も経過すれば、崩壊するだろう。その百年後には、金属支柱が漂流しはじめるにちがいない……そうなれば、ガルウォにとり、ヒールンクスのプラネタリウムへの道は永久に閉ざされるのだ。

「これらの竿のうち、どれが目的地にいたるものだと思います？」兵器主任が、考えながらたずねた。

ふたりはすでに膨らみのひとつに到達していた。風化しているとはいえ、そこには二百平方メートル以上の平面がある。グラヴォ・パックのベクトリングを適宜変更すれば、ここでまったく快適にすごすことができそうだ。

「アルネマル・レンクスが知っているはず」と、提督。「あの指揮官もまた、プラネタリウムを見つけることに興味があるようだ。その理由が知りたい。かれを見た目ほどには信用できないのだ。いずれにせよ、われわれを違う道へ導くことはないだろうが」

遠く霧のなかから、ガルウォ六名の姿があらわれた。これほど早く追いつくとは、よほど急いだにちがいない。レオ・デュルクは驚いた。われわれに見捨てられるのではないかと、不安なのか？

「とまれ！」クリフトン・キャラモンが叫んだ。「きみたちの怒りから身を守るため、合意をかわしたい。重要なことだ」

クモ生物一行は視界のはしでとまった。たがいに密接しているため、それぞれはほとんど見わけられない。まるで、ターコイズブルーの染みが竿表面でばらばらに輝いているように見える。

「われわれのことを恐れる必要はない」アルネマル・レンクスが不機嫌そうに応じた。「恐れているわけではない」提督があざけるようにいう。「宇宙農場での出来ごとを思いだしただけだ」

「あのとき、きみは運がよかった」辛辣な返答がある。

「そうかもしれないが、だからこそ、運がつづくようにしたい。われわれ、数時間の休息が必要だ。そちらの時間単位でいえば、ほぼ二ハラーに相当する。そのあいだ、きみたちも現ポジションにとどまること。休息のあいだにわれわれに近づいたなら、それ相応の処置をとるつもりだ」

「われわれは、ここでは休めない」アルネマル・レンクスが抗議の声をあげた。「竿の表面がまるみを帯びているので、休息場所が見つからないのだ」

「これは驚いたな」クリフトン・キャラモンが笑いながらいう。「きみは半時間前、休息はいらないといったはずだが。それに、その手は食わない。ここは無重力だ。竿表面からはなれないようにするには、かんたんなマグネット装置がひとつあればすむはず。表面がまるみを帯びているからといって、一瞬もきみたちが困ることはない」

アルネマル・レンクスは、これについてもうなにもいわない。ガルウォたちは、いまだに密集したままだ。レオ・デュルクはヘルメット・テレカムを最高感度に調整したが、はるか遠くのささやき声しか聞こえず、ひと言も理解できなかった。レンクスとその部下たちは、なにかとりきめているにちがいない。異人の要求に応じるべきと助言する部下に指揮官が素直に耳を貸すとは、レオには思えなかった。本能が告げる。あそこで画策がめぐらされているのだ。迫りくる危険の不快な予感がする。

数分後、ガルウォたちが竿表面で散開するのが見えた。休む場所を探すらしい。気にいらないのは、そのうち二名が金属竿の下に姿を消したこと。その結果、二名はレオとキャラモンが休もうとしている場所から見えなくなる。とはいえ、もうなにも変えられない。提督は指示を出してしまったのだ。あとになってそれを変更しようとすれば、弱みを見せることになる。

レオはあたりを見まわした。

「さて、われわれもここで休むとしますか？」しかたなく、そう告げた。ほかにいい考えは浮かばない。

「きみは横になるといい」と、キャラモン。「わたしはまだ大丈夫だから。すくなくと

「一ハラーたったも二、三時間は。あとで起こしてやる」そこで、にやりとした。「一ハラーたったら
な」

＊

眠れそうにないと、レオ・デュルクは思った。周囲の明るさはたいしてじゃまにならない。ヘルメットの透明ヴァイザー前にフィルター数枚を押しだせば解決だ。だが、思考が脳を休ませてくれない。ガルウォは実際、クリフトン・キャラモンがいったほど油断のならない存在なのか？　ひょっとして、自分と提督がまだ見つけていない、かれらの心の扉を開くかんたんな鍵があるのではないか？　テラナーふたりを敵としてみなす必要がないとクモ生物にわからせるには、どのような言葉、どのようなふるまいが必要なのか？

迫りくる災いの予感が増した。自分自身とクリフトン・キャラモン、そしてガルウォにカタストロフィが押しよせるのが、まるで幻のように見える。テラナーとガルウォは、いまやとりかえしがつかないほどの敵対関係におちいり、不幸にいたる道を歩んでいる。どこで、どの場所で、どの時点で、相互理解の道をはずれ、ひたすら転落の道をたどる破滅的コース変更がなされたのか？　あるいは、すべてはまったく異なるメンタリティのせいなのか？　ひょっとしたら、ガルウォと人類が相互理解しあえるチャンスなど、

はじめからまったくなかったのか？

まだ得ていない膨大な知識のどこかに、熱力学の第二法則、すなわちエントロピーの増大に匹敵するものが存在するのかもしれない。つまり、相互に特殊な関係のなかでは、それぞれが発展するにつれて無視できない混乱が生じるわけだ。星間種族の遭遇においてもまた、エントロピーがひたすら増大するのか？　この種の遭遇は、統計的に見れば相互理解よりも、むしろカオスにたどりつくのか？

なぜマットサビンは、あれほどわれわれを憎んだのか？　ただこちらが異人であるということ以外、どのようなきっかけをあの若者にあたえてしまったのか？

レオ・デュルクは混乱をおぼえた。疲労困憊の状態で、論理の原則にしたがわない関連を論理的に理解するのはむずかしい。懸念はべつの事象にうつる。両者はどのように生きのこるべきか……おのれと提督、そしてガルウォは？　セラン防護服にはまだ数日ぶんの食糧がある。だが、アルネマル・レンクスとその部下たちは、ティエンクスとともにすべての備蓄を失った。あとどれくらい、かれらは持ちこたえられるのか？

ここでようやく睡魔に襲われ、レオは眠りこんだ。それでも安眠できず、悪夢がつきまとう。やがて、ふたたびなにによって起こされたのか、はじめはわからなかった。あまりに早すぎる……まだ骨の髄まで疲労を感じているのに。飛び起きて驚く。周囲が異様に暗いのだ。すぐに、ヘルメット・ヴァイザーの前に押しだしたフィルターのことを思いだし、もとにもどす。ローランドレの輪郭のぼやけた光が流れこんだ。

「もう起きたのか?」クリフトン・キャラモンのからかうような声が聞こえた。

「あれはなんです?」兵器主任の口をついて言葉が出る。

「なにがなんだって?」

「なにかに起こされました」

「数秒前、弱い衝撃が竿をはしったが、そのせいか?」と、提督。

レオ・デュルクは混乱して、あたりを見まわした。まず、ガルウォが目に入る。いわれた場所をはなれていないようだ。一行のうち、四名の姿があった。のこりの二名は、まだ竿の下側にかくれているのだろう。おもむろに振り向くと、なにかが見える。それがなにか、最初はよくわからなかった。直線に沿ってならぶ黒っぽい染み数個に見えたが、それから淡く輝く物体に気づき、突然、はっきりわかる。クモの糸にあたる細い金属パイプが竿の上に垂れさがっていた。それが竿表面に触れたため、衝撃がはしったのだ。これはなにも目新しいものではない。賤民のさまよえるネットではないか。これが当たったときに鋼鉄のクモ、ランドリクスが振動したことを、レオ・デュルクは思いだした。

最初に気づいた染みは、崩壊の痕だったのだ。ほとんど技術知識を持たないネット賤民世界の特徴である。ところが、ほかにもちいさな点のような一シルエットが竿表面にしゃがみこんでいるのが見える。こちらに近づいてこようとはしない。見つめているうちに、はっきりとわかった。とりわけ大きなからだのクモ生物だ。アルネマル・レンクスの領土においていわば制服としてみなされているターコイズブルーのものではなく、灰褐色の宇宙服を着用している。

とほうもない疑念が、レオ・デュルクの脳裏に浮かんだ。そのようなことがありえるのか……目を細め、この光景にさらに焦点を合わせようとする。まちがいない。クモ生物は腕をあげ、手招きしている！

レオは用心して、向こうのアルネマル・レンクス一行のようすをうかがった。いや、なにも懸念することはない。未知のクモ生物は、ガルウォたちの視界の外にいる。かれらは、大型クモが移動に使った、さまよえるネットにさえ気づかないだろう。

クリフトン・キャラモンはこれまで、ターコイズブルーの制服を着用した四名から一瞬たりとも目をそらしていない。自分の背後でなにが起きたか、わからないだろう。レオ・デュルクはヘルメット・テレカムを、ガルウォが盗聴できない周波に切り替えた。それから、たったいま見たものを簡潔な言葉で提督に説明する。

「向こうに行ってみます。思うに、あれはギリナアルですよ。きっとなにか重要なことを伝えたいにちがいない。苦労して、われわれのあとを追ってきたのだから」

「きみのいうとおりだといいのだが」と、キャラモン。「一方で、彼女がアルネマル・

レンクス同様の復讐心をいだいている可能性もある。ネット賤民がわれわれと接触したさい、けっして好印象とはいえなかったことをおぼえているだろう。気をつけるのだ」

レオ・デュルクは思いだした。ふたりが女王トルカントゥルとその廷臣たちを人質として捕らえたとき、女戦士ギリナアルは誓ったもの。〝いまからわたしは冒瀆者の死を願う〟と。

とはいえ、それ以来、多くの出来ごとがあった。ネット賤民は、とりわけレオ・デュルクに感謝すべきだろう。アルネマル・レンクスが、トルカントゥル一行に対する報復をあきらめたのだから。

「気をつけますよ」と、応じる。「問題は、わたしがうろうろしたら、あそこのガルウォたちがどう思うかということ」

「それはわたしにまかせろ」提督が笑いながらいう。「もっともらしい話を用意しよう」

＊

まちがいなく、それはとりわけ大型のクモ生物だった。つまり、女ということ。ぜんぶで六枚のフィルターがヘルメット・ヴァイザーの前にあり、ローランドレの恒常的な光を反射しているので、レオ・デュルクには宇宙服姿の相手が見えない。たとえ見えたとしても……それがなんの役にたつというのだ？　クモ生物をそれぞれ見わけるすべはまだ見つからないのだから。

レオは運を天にまかせ、ガルウォの通信周波のひとつを選んで、ヘルメット・テレカムを最小出力に調整した。こうすれば、いまからする会話を、アルネマル・レンクスとその部下に盗聴されずにすむだろう……この賤民が似たような準備をしていると仮定しての話だが。

灰褐色のシルエットの五十メートル手前で立ちどまった。用心する。ほんのわずかでも敵意を感じたら、グラヴォ・パックでただちに上昇しなければ。

「きみはギリナアルだな？」と、たずねてみる。

「あなたが通信機を、そこの奥にいる者たちが聞けないように調整していればいいのだが」と、返答があった。

「心配するな。その手の方法に関しては、きみよりよくわかっている」

「そうだと思った。推察どおり、わたしはギリナアルだ。そばにきてもらいたい」

「そうするいわれはない」レオ・デュルクがこれを拒否する。「きみはわれわれの命を狙っているはず」

「たしかに、わたしはそういった」と、賤民。「しかし、その考えを変える理由が見つかったのだ。ガルウォがあなたたちを連れさったあと、われわれはアルネマル・レンクスの復讐を覚悟して、それにそなえたもの……おそらく勝つのは無理でも、すくなくともりっぱに死ねるように。でも、ガルウォはこなかった。そのあいだにわれわれ、要塞の制御センターを修復し、技術力の一部をとりもどしたのだ。もっとも、ひどく破壊されていたからたいした成果はなく、以前は利用できたさまよえるネット二十本のうち、ふたたび動いたのはたった二本だけだが。

　われわれはガルウォの基地近くまで進出し、アルネマル・レンクスの一戦士を捕まえた。この捕虜から聞いた話では、われわれがひどいあつかいをした異人ふたりがガルウォの指揮官を説得し、賤民に対する報復をあきらめさせたとか。つまり、あなたたちふたりはわれわれの命の恩人だ。たとえ、もうたいして価値がない命だとしても。

　解放する前に捕虜は、あなたたちが奇蹟を起こしたともいっていた。ヒールンクスのプラネタリウムに関する知識を披露したそうだな。プラネタリウムを訪れるため、アルネマル・レンクスと助言者数名が、あなたたちといっしょに出発したとのことだった。ところが、その助言者のなかにマットサビンがいると聞いて、あなたたちに致命的危険がおよんでいると知った。マットサビンは、よそ者が種族の利害関係に首を突っこむのをけっして許さない。さらにかれには、アルネマル・レンクスに対して自分の願望を押し通す力がある。だから、わたしがここにきたのだ。あなたたちの力になるために」

　レオ・デュルクの驚きはかぎりない。つまり、状況が変わったのか？　ほんの数日前まで最強の敵だったギリナアルが、いまは救世主の役割を買って出たわけか？　それでも、ほとばしる言葉のなかに、妙に引っかかる発言があった。

「きみたちの命にもう価値がないといったな。なぜそう思うのか？」と、たずねてみる。

これに答えたギリナアルの声は、うつろに響いた。

「トルカントゥルの産卵はうまくいかなかった。戦いが女王を弱らせたのだ。彼女の命が助かっただけでも、ついていたと思わなければ。だが、これで改革者種族に終焉が近づいた。この先、子孫が生まれることはない。いま生きているわれわれが最後の世代ということ。種族の財産、種族の存在は、われわれとともに滅びる。なぜ、われわれの命に価値がないと思うのか、これでわかっただろう」

レオ・デュルクは理解した。ギリナアルの言葉に胸が詰まる。あきらめないよう、説得もできたはず。ネット賤民たちが〝頽廃（たいはい）の民〟と呼ぶガルウォと融合し、それにより将来的存続を確実にする可能性は、以前と変わらずのこっている。そう気づかせることもできただろう。だが、いまはそのような指摘をするにはタイミングが悪すぎる。ギリナアルの絶望はあまりに深く、善意の助言によって癒すことはできそうもない。

「われわれの力になってくれようとしたのだな。それには感謝する」と、助言するかわりにいった。「だが、きみのいう危険はもう過ぎ去った。マットサビンは実際、われわれの命を狙ったが、もうあの若者はいない」

衝撃が女戦士のからだを貫いた。

「かれを殺したのか？」辛辣にたずねてくる。

「みずから墜落したのだ」

ギリナアルは一瞬、言葉を失った。ふたたび口を開いたとき、その声に不審の念がはっきりと聞きとれた。

「では、もう危険はないと？」

「われわれの命を狙っているのはマットサビンだと、きみ自身がいったじゃないか」

「たしかに。だが、かれにはアルネマル・レンクスに対して自分の願望を押し通す力があるともいった。マットサビンが何者なのか、あなたたちは知らないのか？」

「知らない」

「指揮官の唯一の子供で、アルネマル・レンクスの選ばれた後継者だ。それこそ、頽廃の報いといえよう。どの男ガルウォも、子孫をのこせるのはたった一度だけ。アルネマル・レンクスにはほかに子供はいない。その唯一の子供が、あなたたちとの戦いにおいて死んだということ」

レオ・デュルクは目から鱗が落ちたような気がした。つまり、指揮官の復讐心はそこからきたわけか！　息子の悲しい運命に対する責任がマットサビン自身にあることを、アルネマル・レンクスは認めることができないのだ。感情が判断力を曇らせている。唯一の子供であり後継者を失ったのだから。指揮官の思考が公平な論理の道筋をはずれたからといって、だれが責められようか？

「きみの話はわかった」兵器主任はうつろな声でいった。「アルネマル・レンクスは、われわれのせいで後継者が死んだと考え、復讐心からわれわれの命を狙ったわけだ」

「いまもなお狙っている」ギリナアルがつけくわえた。「この瞬間もただひたすら、復讐心を満たすことしか考えていない」

この言葉は脅威に聞こえた。レオ・デュルクは驚いて、

「どうやって復讐しようというのだ？　われわれは現在位置から、かれとその部下たちをたえず見張ることができるのに」

「六名全員を？」ギリナアルが疑問の声をあげた。

レオはたじろぎ、

「いや、四名だけだ」と、認める。「のこりの二名は竿の下にかくれた。とはいえ、かれらもまた、われわれには手出しできない。動けばたちまち……」

まだ話し終えないうちに、おのれとキャラモンがおかした論理的過ちに気づく。もちろん、竿の下側にかくれた二名は、気づかれることなくガルウォ一行の現在ポジションをはなれることが可能だ。竿あるいは、観察者と自分のあいだにつねに存在する巨大な接続エレメントのひとつを掩体(えんたい)にとるだけでいい。

「どこに思い違いがあったか、これでわかったな？」賤民がたずねた。

「かれらはなにをしようとしている？」言葉がレオ・デュルクの口をついて出る。

「竿の分岐点を切断するつもりだ」と、ギリナアル。「二カ所で作業にあたっている。一名はあなたの友がいる接合部のすぐ下で、もう一名はわれわれのはるか下、洞穴の底のほうにいる。いまわれわれがいる竿の一部を、分岐点から切りはなそうというのだ。そうなれば、竿は漂いはじめ、あなたたちがなにか手を打つ間もなく、広大な光のなかに姿をくらますだろう。帰り道は二度と見つからない」

レオ・デュルクは、驚きとともにアルネマル・レンクスの部下たちが運んでいる大型武器を思い浮かべた。あれならきっと、経年劣化した竿の一部を短時間で、接続エレメントごと切断できるだろう。さらに反動ノズルで加速させ、レオと提督が驚きを克服する前に、切断部分が方向確認のあらゆる目印となるポイントから遠くはなれるようにすることも可能だ。

「感謝する」兵器主任がふたたびいった。今回はさらに強調して。「きみの警告がなければ、ひどい事態になっただろう。アルネマル・レンクスと話しあい、そのもくろみを阻止するつもりだ」一瞬ためらい、つづけた。「きみはそのさい、われわれに手を貸すつもりはないだろう？」

「わたしは、ふたりに警告するためにきた」と、ギリナアル。「わが同胞たちの運命がはっきりしないかぎり、アルネマル・レンクスに敵として対峙するのは賢明ではないように思える」

レオ・デュルクはうなずき、

「それが賢いな」と、告げた。「わたしがきみの立場なら、同じ決定をしただろう」

「あなたに武器をわたすこともできない」賤民が最後に告げた。「武装せずにきたから。でも、ふたりの近くにとどまるつもりだ。あらたな危険が迫ったら、連絡する」

兵器主任が笑みを浮かべた。

「理解できるとも、女戦士よ」

4

クリフトン・キャラモンは、信じようとしなかった。

「ありえない」と、抗議する。「やつらは、わたしに見られずに一メートルも動けやしない」

レオ・デュルクは、自説を披露する。

「ガルウォのうち二名は竿の下側にもぐりこみ、それ以来ずっとわれわれの視界の外にいます……」

「なら、話はかんたんだ」提督がさえぎる。「竿の反対側を見てこよう」

「絶対にやめてください！」レオ・デュルクが警告した。「われわれが相手のトリックに気づいたと思わせてはなりません。二名はひたすら竿の下側を這い進み、一名はあなたの真下にいる。もう一名は、わたしから百メートルほど下方です。すでになんらかの計画を練りあげたにちがいないですが、二名が同時に攻撃をしかけてこなければ、計画は成功しないでしょう。さらに、かれらは通信機で意思疎通をはかることができません。

そうすれば、われわれに盗聴されてしまうから」

この会話には、ガルウォがアクセスできない周波が使われた。ギリナアルはとうに姿を消し、さまよえるネットで上空に飛びさっている。キャラモンは、しだいに納得したようだ。

「われわれにのこされた時間は、もう多くありません」と、兵器主任。「あなたは近くの一名を引きうけてください。わたしはもう一名のほうに向かいます。同時に攻撃しましょう」

「気をつけろ！」提督が警告する。「かれらは武装している」

「心配ご無用」レオが笑いながら応じた。「わたしには、いい先生がいますから。こうした事態をどうあつかうべきか、あの宇宙農場でお手本を見ましたよ」

「承知した」うなるような声で応答がある。「きみのほうが長い距離を移動しなければならない。合図をくれ。わたしは、そのあいだにうまく位置につくから」

「目立たないように」と、レオ。「のこるガルウォ四名があなたを見張っていますよ」

兵器主任はグラヴォ・パックのベクトリングを慎重に変更すると、垂直に上昇した。攻撃にうつる前に、メートル単位まで正確に敵の位置を突きとめなければならない。ギリナアルの情報はあまりに漠然としていた。なんといっても、これまでだれもガルウォの尺度をテラのそれに換算したことがないのだから。レオ・デュルクは、竿がつねに自分の真下にくるように気をつけながら、高い弧を描いた。敵の推定ポジションの二キロメートル向こうで、ふたたび下降。この二キロメートルというのは、クリフトン・キャラモンとともにまだ《リザマー》にいたときに算出したものだが、ガルウォあるいは人間の大きさの個体をまだ認識できる距離だった。

レオは竿表面に沿って滑り、みずから〝下側〟と名づけた部分が目の前にあらわれるまで進んだ。低速で、提督が合図を待っているはずの接続エレメントに向かって近づく……この移動により、敵にも近づくことになるが、戦術は大成功をおさめた。まもなく、金属竿表面に起伏のようなものが見えた。まったく躊躇せずにさらに近づく。ガルウォは、こちら側から危険が迫るとは予想だにしていないようだ。かれらの注意は、仲間ならびに計画された攻撃相手ふたりのいる場所に注がれている。

さらに二百メートル進むと、まったく疑いの余地はなくなった。ガルウォの宇宙服のターコイズブルーが、金属面の暗い背景にくっきりと浮かびあがる。それだけではなかった。敵との距離は、すでに制服の模様まで充分に確認できるほどわずかになっていたが、レオの目の前にいるのは、アルネマル・レンクスだったのだ。

兵器主任は竿表面から数メートルはなれたところに浮かびながら、腐食による目印をいくつか利用して敵の位置を定めた。それから、竿表面にもどる。ここならガルウォに気づかれない。そして、かなりの速度でゴールに向かった。みずから竿に触れないように気をつける。触れれば振動が起き、アルネマル・レンクスが気づくかもしれない。この計画において重要なのは、なにが待ちうけているのか、敵にまったく気づかせないことにある。

定点として役だった目印に到達すると、レオ・デュルクはヘルメット・テレカムを作動させ、

「そちらのようすは？」と、インターコスモでたずねた。

「こちらＣＣ。作戦どおりだ」と、応答がある。その声の調子ときたら。レオ・デュルクは思った。もっと近くにいたなら、ふたたび提督のにやけ顔が見られたことだろう。

「では、行きましょう！」きっぱりと告げた。

＊

防御バリアがほのかにきらめく。レオ・デュルクは、秒速百メートルほどで敵に接近。アルネマル・レンクスはすでに自分の計画を実行にうつしたせいで、こちらに気づかない。かれの大型ブラスターの銃口から、青白いエネルギー・ビームが竿の金属表面に向かってひろがった。兵器主任は背筋がぞっとした。間一髪でまにあったわけだ。二分遅ければ、万事休すだっただろう。

猛烈な勢いでガルウォに体当たりする。個体バリアが明るくなった。ヘルメット・テ

レカムからはなんの音も聞こえない……ガルウォが攻撃実行のさい、すべての通信を切っていた証拠だ。アルネマル・レンクスがはねとばされた。レオ・デュルクはきわめてすばやく、ガルウォの指揮官の把握手から滑り落ちたブラスターをつかむ。武器は連続放射に切り替えられていたため、つかんださいに銃口が前にきて、ビームをくらった。とはいえ、エネルギー・バリアがたやすくこれを吸収。レオは引き金を見つけ、発射モードをニュートラルに切り替えた。

これほど電光石火のごとく行動に出たにもかかわらず、すでにアルネマル・レンクスはかなり遠くに運ばれていた。衝突の衝撃による速度はかなりのもの。指揮官はよるべなく、乳白色の光のなかをさまよっている。数秒もすれば、竿を見失うだろう。その後は半キロメートルはなれるごとに、帰り道を見つけるのがますます困難になる。この瞬間の危険にアルネマル・レンクスが気づき、せめてヘルメット・テレカムをただちに作動させれば意思疎通できるのだが、何度レオ・デュルクが名前を呼んでも相手は反応しない。マットサビン同様、足二本に反動ノズルを装着しているが、ノズルは機能しないようだ。麻痺したようにガルウォは淡い霧のなかを浮遊していく。衝突のさい、意識を失ってしまったのか？

「任務完了。武器を奪った」クリフトン・キャラモンが軍隊式の簡潔さで報告してくる。

「ガルウォ一名を捕獲」

「はなさないでくださいよ」レオ・デュルクが叫んだ。「わたしはアルネマル・レンクスのあとを追わなければ。どんどん押し流されていきます！」

「ほうっておけ」と、提督。「当然の報いだ」

兵器主任は、うなるように理解不能な言葉を発した。むろん同意の言葉ではない。この瞬間、クリフトン・キャラモンが目撃するなか、レオは弾丸のごとく竿をはなれ、押し流されていくガルウォのあとを追うように飛びだした。指揮官はすでにもう、ぼやけた点にしか見えない。

レオ・デュルクは思った。おのれの身を案じることはほとんどない。たとえもつれた竿を見失ったとしても、キャラモンを探知すれば帰り道を見つけられる。ただ、アルネマル・レンクスとのコンタクトだけは失ってはならない。ガルウォの宇宙服の技術装備の性能については不明だが、これまで得た情報によれば、期待しすぎてはならないだろう。

兵器主任は間隔を詰めた。レンクスはいまだに動かない。名前を呼んでみても、反応がない。レオは周囲を見まわした。竿はとうに見えなくなっている。静けさと、はてしなくひろく光に満ちた、輪郭を持たない空間が不気味さを宿す。ためしにキャラモンに呼びかけてみた……通信が機能するかたしかめ、自分のやりかたが正しいか確信がほしかったのだ。実際、地下室の暗闇のなかで恐怖を払拭（ふっしょく）するために口笛を吹いてみる子供となにも変わらない。

「聞こえるぞ」提督から応答がある。「だが、接続がだんだん弱くなっている。わたしがきみなら、引き返すところだ」

「ばかな」レオ・デュルクがうなる。

三十秒後、ガルウォに追いつき、その胴に巻かれたベルトをつかんだ。グラヴォ・パックに呼びかけ、作動させる。捕まえた男をやさしくあつかっている場合ではない。いきなり減速し、数秒後には相対的に静止した。キャラモンとのコンタクトを失うのが恐かったのだ。

「捕獲しました」あえぐように告げた。ガルウォの周波だが、インターコスモで話す。

「なにかビーコンを送ってください」

クリフトン・キャラモンの声は、かすれて聞こえた。ほとんど言葉を聞きとれない。それでも数秒後、ビーコンの貫き通るような明るい音が響いた。通常のテストをしたのち、アンテナの受信感度がもっともいい方向を確認。制御装置が自動的に座標を記録する。レオ・デュルクは帰途についた。

こうしてようやく、ガルウォの面倒を見る余裕ができる。ヘルメットの六つある展望窓のひとつに近づき、強く反射する素材を通してようすをうかがった。ぎらぎらした目がこちらをじっと見つめている。

「きみにわたしを連れもどる権利はない」アルネマル・レンクスの弱々しい声がする。「死が唯一の逃げ道だった。わたしは失敗したのだ。ガルウォ種族は、わたしをさんざん侮辱し、追放するだろう」

「ばかな」レオ・デュルクがうなった。「唯一の子供が墜落して死ぬのを、手をこまねいて見ているしかなかった者の過ちだ。みな大目にみるさ」

「そのことも……知っていたのか？」ガルウォは驚いた。

「そうだとも。それに、もっと多くのことも」兵器主任が告げた。「しっかりつかまれ。加速するぞ」

＊

一行は先に進んだ。次の休憩はなかった。兵器主任はうずくようないらだちに襲われていた。いずれにせよ、この行きづまりの状態に決着をつけたい。レオはガルウォたちに訓戒をあたえたが、かれらはその内容を一生忘れないだろう。クモ生物はテラナーのメンタリティをほとんど知らないのだから、なおのこと不合理に思えたかもしれない。

というのも、実際、レオ・デュルクはアルネマル・レンクスを……よりによって、その子供とともに最初からずっとおのれの命を狙ってきた男を……弁護したのだ。心痛、衝撃、理解、同情といった言葉を使い、自分がアルネマル・レンクスをこれまで同様にガルウォの指揮官としてみなしていることをはっきり伝えた。

「ただいまをもって、わが友とわたしの指示のみが有効となる」と、声を張りあげた。

「これにしたがうしか、きみたちに選択肢はない」

レオは全員に武器を置くよう強要した。武器は、レオ・デュルクが当然あたえられるべき長い休憩をとろうとした、例の巨大な接続エレメントの上に置きざりにされる。いつかふたたびガルウォが、大型ブラスターと分子破壊銃に似たその貴重な装備と再会できる見こみはほとんどない。帰途についてこの場所にもどってくるころには、とっくにネット賤民が装置を持ちさっているだろうから。唯一、携行した武器は、レオ・デュルクがアルネマル・レンクスから没収したブラスターだけだ。クリフトン・キャラモンみずからこれを携え、恐ろしげな調子でこう断言した。ごくわずかでも陰謀の徴候を見つけたら、ただちに発砲すると。

こうして、一行は出発した……以前と同じ隊列だ。ガルウォが先行し、そのあとにテラナーがつづく。ヒールンクスのプラネタリウムにつづくのが、細い竿七本のうちどれかという問題に関しては、はっきりしていた。アルネマル・レンクスが一本の竿をさししめし、説明したのだ。竿にはとりわけ大きな、異様なかたちの腐食した模様がある。この模様は伝承において明確に記されたもので、道の終点にプラネタリウムが存在することを特徴づけるものだという。

五時間が経過した。だれもが口をつぐんだまま前進する。ガルウォもまた、たがいに会話することはなかった。アルネマル・レンクスに対しては遠慮がちに接している。レオ・デュルクは、指揮官の今後が心配だと思った。自分がそばにいるかぎり、守ることができるが、レンクスとその部下が基地にもどったら、もう介入できない。

兵器主任はぼんやりと考えごとにふけっていた。すると、キャラモンの鋭い叫び声にぎょっとして、われに返る。

「前を見ろ！　そこの前方だ。暗くなっている！」

レオ・デュルクは見あげた。最初は、キャラモンがなにをいっているのかわからなかった。それでも、左から右へ半円状に視線をうつし、気づいた。竿が伸びる方向を見ると、実際、ローランドレの遍在する輝きがわずかに弱まっている！　影のような、境界線が曖昧なぼやけた染みが、そこからひろがる。兵器主任は興奮につつまれた。とうとうゴールに達したのか？　目の前で、輪郭のはっきりしないガルウォの洞穴から、ヒールンクスのプラネタリウムが姿をあらわしたのか？　もうがまんも限界だ。飛翔装置を短く噴射し、これによりさらに加速して、ガルウォにあっという間に近づく。追いつくと、その頭上を飛びこえた。目の前が一秒ごとに暗くなっていく。直径数キロメートルの巨大な円形壁が、霧のなかから出現。壁の中心には光を失った漆黒の染みが形成されている……トンネルの入口だ。

このとき、レオ・デュルクは思った。もう疑いの余地はない。洞穴の底に到達したのだ！　何世代前かはわからないが、ガルウォ種族が、いまや巨大な洞穴全体を占める鋼製ネットを構築しはじめたのは、この場所にちがいない。かれらは何千年も前にトンネルを抜け、ローランドレから外に這いでて、オルドバンから受けた使命の実行にとりかかったのだ。

暗い壁は、ローランドレのもともとの表面ということ。一週間以上におよぶ苛酷で不自由な苦難の道のりをへて、デュルクとキャラモンのローランドレ偵察隊はようやく、第一のゴールに到達したのだ！

*

圧倒的な景観だった。見わたすかぎり、周囲には巨大な壁、とてつもない規模の構造体がひろがる……霧が視界をさえぎらないかぎり。壁はたいらではなく、凹面鏡のようにカーブを描いていた。ここ、洞穴の底にきてようやく、その大きさを人間の理性でほぼ把握できる。地球ほどの大きさの惑星が空洞のなかにすっぽりおさまるくらいだろう。レオ・デュルクは、洞穴の壁表面がどのような物質でできているのか確認しようとした。

〝凍った石〟という言葉が脳裏にひらめく。そうだ、それだ！　ほのかに輝く氷の層におおわれた岩肌だ。すくなくとも、この巨大な壁は人間の目にはそううつる。

一行は竿の終点からあとほんの五百メートルしかはなれていない。竿は輝く壁にしっかりと固定され、そのすぐそばでは、トンネルの暗い穴がぽっかり口を開けている。一行はひしめきあうように立っていた。この瞬間、ガルウォも兵器主任同様、興奮につつまれているようだ。ただクリフトン・キャラモンだけが数メートルほどはなれ、大型ブラスターを無造作に肘関節の内側にかまえて、つねに用心をおこたらない。

レオ・デュルクは、アルネマル・レンクスに向きなおった。

「プラネタリウムはあのなかにあるのか？」そうたずね、トンネルの方向をさしめす。

「伝承によればそうだ」ガルウォの指揮官がおごそかに答えた。

「ここからどれくらいはなれている？」

「それについては触れられていない。思うに、目的地には一ないし二ハラーで到達するだろう」

兵器主任は、悪態を嚙み殺した。つまり、三時間半から七時間かかるわけだ。とてもその気になれない。骨の髄まで疲労を感じる。一時間か二時間後、さらに元気づけのアルコールを要求したら、サイバー・ドクターがなんというだろうか。

「では……前進する！」レオがうなるように告げた。「これまでと同じ隊列をたもつのだ」

ガルウォは、反動ノズルを作動させた。次々と竿の暗い表面をはなれ、トンネル入口に向かっていく。ローランドレの地表すぐ近くのここでも、重力をまったく感じない。頑丈そうな素材からなるこれほどの巨大構造体なら、もともと強力な重力フィールドを持つはず。どのような理由かはわからないが、だれかが……おそらくオルドバンが……自然重力を阻み、無効にすることに意義を見いだしたと推測せざるをえない。自分の技術的理解を超えた方法によるものだろう。それならしかたないと、兵器主任はあきらめた。ひょっとしたら、ローランドレは巨大すぎるゆえ、重力を無効にしなければ、ブラックホールと化す恐れがあったのかもしれない。

レオとクリフトン・キャラモンがこれまでどおり、後衛をつとめた。とはいえ、ガルウォを見失わないよう、数百メートルの間隔をたもつ。トンネル入口は円形で、直径八十メートルほど。なかは暗闇につつまれている……まるでローランドレの遍在する光が、トンネル開口部に入りこむ力がないかのごとく。あらゆる光を拒絶する見えないバリアがあるようだが、おそらく実際はただの錯覚だろう。ここ屋外のまぶしい光に目が慣れたせいで、それよりも弱い光を真っ暗に感じるのだ。

ガルウォたちが暗闇にのみこまれた。まるで見えない転送機によって非実体化したかのようだ。テラナーふたりは、一行からあまりはなれずにうしろをついていく。レオ・デュルクは不安をおぼえた。暗くはかりしれない深淵がまさに自分をのみこもうとしている。最後に、輝く乳白色の光を肩ごしに一瞥（いちべつ）した。あの洞穴のかなた、ガルウォの金属竿がつくるネットの向こう側のどこかに《バジス》がいるのだ。暗闇が近づいてくる。もう二度と《バジス》を見られないかもしれない。

するとトンネル内に出た。入口の黄色い光の環がたちまち縮む。まもなく見えなくなるだろう。それにかわり、いま前方の暗闇には、目の前を漂いながら進むガルウォ六名のむらさき色に光るアルマダ炎が見える。レオ・デュルクはヘルメット・ランプのスイッチを入れた。その光が、遠くのトンネル壁に明るくまばゆい光の円を描く。トンネルの周囲もまた〝凍った石〟でできていた。兵器主任が外のローランドレの地表で見たものといっしょだ。

二十分がなにごともなく経過。ほとんど完璧な暗闇が支配し、ただガルウォのアルマダ炎だけが唯一、光のシュプールを描いている。クモ生物とテラナーはつねに同じ間隔をたもち進んでいるので、暗闇の行進はまるで停止しているかのごとく思える。ときおり、レオ・デュルクはランプを点灯してみるが、ここ数日間つねにつきまとっていた遍在する乳白色の光同様に、トンネルの壁は単調だ。兵器主任は、神経を集中させ前方のようすをうかがった。ヒールンクスのプラネタリウムがトンネルの奥にあるならば、いつか光が見えるにちがいない。

突然、アルマダ炎の位置が変わったように思えた。レオには、グラヴォ・パックによる人工重力のおかげで、はっきりと上下の感覚がある。これまで、むらさき色に光る球体はつねに目の前に水平に見えたもの。いま突然、前方ななめ下に見えるようになったのだ。

クリフトン・キャラモンにこれを知らせようとした。すると、セラン防護服の制御システムにより、ヘルメットのスクリーンにメッセージが表示される。〝重力発生。トンネル壁の方向に放射状ベクトルあり。増加の傾向〟

レオ・デュルクはグラヴォ・パックのデータを呼びだした。装置の出力が増えているとわかるが、驚かない。おかげで自動的に直線コースを維持できる。一方、ガルウォは……いまや周囲がもう無重力ではないとは思いもせず……さらに急な角度で速度をあげながらトンネルの壁に近づいていく。

警告を発した。同時に、アルネマル・レンクスとその仲間が方向確認のよりどころとして利用できるよう、ヘルメット・ランプのスイッチを入れる。状況はかなり危険だ。ガルウォには、飛行体勢や方向を操作できる反動ノズルがあるだけ。それがあれば、竿によって方向確認が可能な明るい屋外ではうまく飛べる。だが、ここではよりどころとして、ちいさな光源がただふたつ……すでにキャラモンもヘルメット・ランプを点灯していた……しかないのだ。

「それだけじゃない」提督が突然、声をあげた。「表示を見ろ。気圧が上昇しているぞ！」

上昇する気圧の謎……なんといっても、明るい外からここにいたるまでどんな種類のエアロックも通っていないのだ……はわかるが、レオ・デュルクはそれを気にかけている場合ではなかった。ヘルメット・ランプの光があっても、ガルウォたちは徐々に方向感覚を失っていく。抜本的な処置が必要だ。キャラモンとともに一行に追いついた。ここからは快適とはいいがたい作戦になるだろうが、クモ生物を助けるには全員で鎖をつくるしかほかに方法はない。たがいに手をつなぐのだ……あるいはなんであれ、ガルウォのあいだで〝手〟として通用するものを。アルネマル・レンクスを中心に、その左右をレオ・デュルクとクリフトン・キャラモンが占め、片方に二名、もう片方に三名のガルウォがつながる。反動ノズルはこのときからしずかになった。ふたりのセラン防護服のグラヴォ・パックが、奇妙な隊形の操作を引き継いだのだ。

この方法は、かなりの時間を必要とした。グラヴォ・パックはさらなる荷物をたやすく運ぶことができるとはいえ、運ぶべき者たちのふつうでない配列にそう容易には適応できない。しばらくのあいだ、はっきりと減速が見られた。半時間が経過し、ようやく状況が安定する。ガルウォ六名とテラナー二名はいま鎖を形成し、トンネルの長軸に沿ってローランドレの奥へと移動していた。レオ・デュルクはときおり、奇妙な探検隊の上にヘルメット・ランプの光芒を滑らせ、おもしろがった。ガルウォたちはもう必要なくなった反動ノズルを両足にはさみ、たがいと、あるいはテラナーのひとりとしっかり手をつないでいる。クリフトン・キャラモンもまた、両手をつないでいた。没収したブラスターをベルトに押しこんだそのようすは、いかにも猛々しい。

もっと早く考えつくべきだったな、と、兵器主任は思った。全員がたがいに手をつないでいれば、だれもほかの者を撃つことはできない。

これで外界の状況について考えることができる。人工重力フィールドの強度はさらに増し、すでに〇・七Gに達していた。ガルウォの実体重の七十パーセントがレオ・デュルクの腕にかかっているということ。関節がはずれてしまいそうだ。とはいえ、それよりはるかに奇妙なのは、気圧がかなり上昇したことである。〇・五気圧に達していた。兵器主任はセランの技術装置に命じ、未知の混合ガスを分析させる。その結果、これが人間とガルウォの肺にとって危険なく呼吸できるものとわかり、驚いた。もうヘルメットを開けてもいいのだ。たとえ、防護服の酸素ボンベなしでどうにかすごすには多少の苦労があるとしても。

クリフトン・キャラモンがレオの驚きに気づいたにちがいない。こう告げてきた。

「人工重力フィールドを適切に構築すれば、多くのことが達成できる。われわれは気づかなかったが、おそらく屋外でも、すでに強い重力勾配があったのだろう。わが理論によれば、トンネルのなかほどではほとんど認識できないだろうが、壁近くは非常に高い値いをしめすはず。外に漏れでようとするガスをすべて阻止するには充分な値いだ。それにくわえて、拡散バリアがいくつかあると想像してみれば、エアロックなしでもこの事象は説明がつく」

「拡散バリアとはなんです？」レオ・デュルクがたずねた。「それに、われわれはなぜ、そのバリアに捕まらなかったので？」

「われわれは拡散しない。対流方式で動くからな」と、提督。

兵器主任はその説明で満足せず、うなるような声をあげた。

「わかっている。これではすべては説明がつかない」キャラモンが自己弁護する。「われわれがいつの日かオルドバンを見つけたら……かれがひょっとしたら説明するかもしれないが。重力フィールドの構築や拡散バリアがあったとしても、おそらく相当な大気損失が生じるだろう。ところがこのローランドレは非常に巨大で、テラがかくれることのできるくらいの穴を地表に持つ。そこで、大気損失を埋めあわせることは困難ではないはず。つまり……」

「一瞬、口を閉じてください！」レオ・デュルクがぴしゃりとさえぎる。

「なんだって？」

「正面に光が見えます」兵器主任が告げた。

トンネルは、漏斗形にひろがっていた。計測装置によれば、人工重力フィールドの構造が変化したようだ。現在、膨らんだトンネルの片側は明らかに床として、反対側は天井としてしめされている。その結果、レオ・デュルクは、これまでの隊列をやめた。これには、ほっとしたもの。腕がいまにも引きちぎられそうだったから。一行は降下し、トンネルの床を進んだ……ガルウォはその機敏さで、レオと提督はグラヴォ・パックの助けを借りて。

＊

押しよせる光は、記憶するガルウォの洞穴のそれよりも明るい。視界が制限されることもない。トンネルがさらにひろがるにつれて、視線はますます妨げられずに、ローランドレの内部深くに存在する驚くべき異質な世界に注がれる。

ついに、床がいきなり欠落した場所に出た。トンネルの天井はとうに遠くはなれ、もう認識できない。明るく輝く天空が頭上にひろがる。不思議にも、谷の向こう側ではるか上空に漂うように見える恒星光に照らされているのだ。

そう、一行がいま見ているのは、山なみにかこまれ縦横にのびる広大な谷だった。山々は視界のはしでたがいに近づき、せまい小道を形成している。谷も山腹も、奇妙な植物でおおわれていた。谷底にはいくつもの川が流れる。大小の道路や、ありとあらゆる種類の建物も見えた。生命に満ちあふれた世界のまんなかに足を踏み入れたのだ。いま立つ位置からは、通りを移動する車輛や空中を飛ぶ機体が見える。とりわけ、生物をしめすと思われるいくつかの点が、谷底のたいらな地形で作業に専念するのが目に入った。

レオ・デュルクは職務に忠実なだけでなく、異生物に対してある種のロマンチシズムを持つため、この光景を目に焼きつけた。これは、いままで目にしてきたなによりも美しい。一方、クリフトン・キャラモンは、セランのヘルメットのスクリーンで読みとったデータをそっけなく告げた。

「空洞の全長は二十キロメートル、横幅十五キロメートル。外気圧〇・九。呼吸可能な空気だ」提督はヘルメットの留め具をゆるめ、肩のうしろにはねあげると、深呼吸する。ここからは、外側マイクロフォンだけを通じて声が聞こえてきた。「重力は〇・九G。ここはじつに……」レオは、CCが悪魔的な笑みを浮かべるのを見た。「……心地いい。なるほど、外気温は摂氏二十度だ」

ガルウォはおとなしくしている。かれらはどう思っているのだろう。クモ生物のだれも、これまでここにきたことはないのだから。レオはあたりを見まわす。背後には、トンネルのひろく膨らんだ入口をかこむように、グレイの岩壁がほとんど垂直にそびえ立つ。岩壁には植物はまったく見られない。まるで、生命を育む特権はさらに下方に位置する地形にゆだねられているかのようで、麓までのびる岩肌にも草木はまばらだ。ようやく植物が生い茂るのは、下の谷底のはずれから。

ふたたび、レオは頭上を見あげた。そこに、不安をもたらすなにかを見つけたような気がしたのだ……岩壁の不毛の景色にそぐわないなにかを。遠い人工太陽が投げかける影に気づく。そこに突出部か、ひょっとしたら洞穴があるのかもしれない。見ているうちに、その影から不気味な姿がふたつ出現した。一見すると、それぞれが家ほどの大きさに見える。それが火を吐きながら、垂直落下した。目の前を岩塊が音をたてながら深淵に落ちていく。ガルウォたちが驚いて振り返った。クリフトン・キャラモンが怒ったように、ベルトに押しこんであったブラスターを引っ張りだす。かれの人生において、すべてを把握しているわけではないという状況はめずらしい。

明るい光が生じた。筋肉から力が抜けていくようだと、レオ・デュルクは思った。わきを見やると、キャラモンが動きをとめてかたまるのが見える。レオ自身も、頭をめぐらすのにかなりの努力を要した。からだをつつむこの光には麻痺効果があるようだ。

数歩はなれたところで、一ガルウォがうめいてこういったのが聞こえた。

「あれは……アスタルデ種族の監視者だ！」

5

まるで地球の伝説のドラゴンのような姿だった。規則的な呼吸のリズムで、鼻孔から蒸気が流れだす。体温は、周囲の温度をはるかにうわまわるにちがいない。レオ・デュルクが最初に思ったほど大きくはないが、それでもまだ恐怖をいだかせるほど威風堂々たるからだは、身長三メートルほどか。衣類も武器も身につけていない。ひび割れた鱗状の肌は、汚れたグレイだ。黒い瞳孔を黄色く輝く虹彩がかこむちいさな目は、冷ややかで、頑固さと敵意に満ちていた。黴と燃えた頭髪のにおいが入りまじったような、筆舌につくしがたい悪臭が巨大なからだからたちのぼる。

異生物はアルマダ共通語を話した。しわがれ声に低音の響きがまじる。ほとんど耳をつんざくような大音量だ。大きな口を開けるたび、白い蒸気が雲となって湧きでる。

「わたしはコルンズ」と、ドラゴンの一体が名乗った。すると、もう片方が、

「わたしはソウプ」と、告げる。そしてこんどは、二体が同時にいった。「プラネタリウムの監視者、アスタルデだ」

ガルウォたちはおびえるあまり、うんともすんともいわない。ひどい麻痺状態にあるレオ・デュルクにとっても、話すことは非常に困難で、口を開くのすらままならない。クリフトン・キャラモンもおそらく似たような状況にあるのだろう。コルンズは、相手がまったく口のきけない状態であるのを見て、イニシアティヴをふたたび握った。

「ここになにをしにきたのか？」と、吠えるようにたずねる。

このときようやく、アルネマル・レンクスの硬直が解けた。

「ヒールンクスのプラネタリウムを訪ねてきたのだ」と、訴えるように応じる。

「プラネタリウムは機能していない」コルンズが声をとどろかせる。「オルドバンが沈黙してからというもの、ヒールンクスからもうなにも音沙汰がない。それに、いずれにせよ、きみたちは立ち入り禁止だ。一行のなかに部外者がいる」

「そのような状況ならば、引き返そう」アルネマル・レンクスがおずおずといった。

「かまわない、アルマダ炎の保持者よ」コルンズがうなるようにいう。「だが、その異人ふたりはここにのこるのだ」

レオ・デュルクは抗議しようとしたが、舌が水をいっぱいに吸ったスポンジのように重く動かない。麻痺の効き目には個体差があるようだ。テラナーはガルウォよりも重症だった。アスタルデ二体は、いかに武骨で原始的に見えようとも、はじめから自分たちのすべきことを正確に知っている。

「きみたちがそう命じるなら、われわれにはしたがうほか手はない」と、アルネマル・レンクス。

「待て、待つのだ！」この瞬間、ソウプがとどろくような声をあげた。「異人のひとりが、自分のものではないなにかを持っている」

そう告げると、近づいてきた。強力な前肢でクリフトン・キャラモンのベルトからブラスターを抜きとると、これをほうり投げる。レオ・デュルクは、銃がトンネルのはるか奥で床に転がる音を聞いた。

「あれを持って出ていくのだ！」ソウプはとどろくような声でガルウォに命じた。

アルネマル・レンクスと部下たちは、無言でしたがった。踵を返すと、急傾斜するトンネルの底を器用にのぼっていく。どうやら、アスタルデ二体の気が変わらないうちに、可能なかぎりはなれておこうとしているようだ。レオ・デュルクは額に汗が浮かぶほど必死に頭をめぐらせながら、ターコイズブルーの宇宙服を着用した姿がトンネルの暗闇に消えるのを見送る。みずから選んだ後継者を不名誉な死によって失ったアルネマル・レンクスは、これからどうなるのだろう。はげしい不安に駆られた。わたしがこの先の人生において、ふたたびガルウォと出会うことはあるのだろうか。

「次は、きみたちの番だ」コルンズが大声を出した。「どこからきたのか、なにをしにきたのかは知らないが、うってつけの時にきた。若いアスタルデ連中が退屈している。

きみたちはいい遊び相手になるだろう」

光が強まった。レオ・デュルクはごくわずかな揺れを感じることもなく、クリフトン・キャラモンとともに地面をはなれ、巨大な洞穴の光に満ちた空間に向かって運ばれていく。痛みをともなう麻痺の感覚は、わずかに和らいだ。振り返ると、アスタルデ二名がわずかな距離をたもってうしろからついてくる。

あの鱗におおわれたからだのどこに、これらの不可思議な現象を起こす技術装置をかくしているのだろう。

＊

童話の世界が眼下にひろがる。それは、あまりにエキゾティックで異質であり、一部はあまりに奇妙で、人間のもっとも奔放な想像力でも夢にすら描けないものだった。ローランドレが信じがたいほど多様な生命体に満ちていることを、ふたりは知って驚いた。とはいえ、これは全体のごくわずかだ。全体像はテラナーの想像を絶する規模だが、それを構成する数百万の要素のうちの、ひとつにすぎない。

カラフルな森が眼下にひろがり、そのあいだに異文明の建造物が立ちならぶ。水で満たされた透明なドームを発見。そこではアルマダ炎を持つ非ヒューマノイドがはねまわる。数千平方メートルの敷地をおおうように地面に低くひろがる建物があるかと思うと、ほかの場所では、ごくわずかな空間に教会のように高くそびえる、奇怪な突出部と角を持つ建物がある。昔のアフリカの円形集落を彷彿させる建物群もあれば、そこから遠くはなれていないところに、時代の最先端を行く建築家のコンピュータから生まれたような設計の集落もある。あらゆるタイプの機体が通りを行きかう。レオ・デュルクのヘルメット・テレカムが、混沌とした声や未知の音楽やデータ・シグナルをひろった。そのなかに、利用可能な帯域幅の過負荷によって生じたものにちがいない雑音がまじる。この谷底には奇妙な生命体があふれていた。ガルウォはオルドバンが沈黙してからというもの、諦観に襲われていたが、ここではそれがみじんも感じられない。それぞれの生活がつづいている。

アスタルデ二体には、ここでくりひろげられることを気にとめるようすはまったくない。レオ・デュルクはそう確信した。二体にとり、なにも目新しいものではないのだ。一行は、兵器主任がトンネルの入口で気づいた谷のはしに向かった。そこには、中世の城を想起させる建物がならぶ。ドラゴンと城。ぴったりだ。この不格好で古めかしい建造物がアスタルデの住居であるのはまちがいない。コルンズはなんといった？　若いアスタルデ連中が退屈して、遊び相手を必要としている？

むしろ、悪魔にさらわれたほうがましだと、レオ・デュルクは思った。とはいえ、コルンズとソウプがあたえようとする運命をどう阻止できるものか。自分たちふたりは光るエネルギー・フィールドのなかに捕らえられている。数回、個体バリアのスイッチを入れようと試みたが、失敗に終わった。セラン防護服の最重要機能が、このフィールドによって麻痺しているのだ。なんらかの手を打つチャンスは、アスタルデがふたりをエネルギー泡の影響領域から解放しないかぎり訪れないだろう。

　アスタルデとの意思疎通を試みる。コルンズとソウプがたがいに話しているのは聞こえた。それゆえ、この光が音の伝導を阻むことはないとわかる。一連の質問をしてみたものの、ようやく返答があったのは、謎に満ちたプラネタリウムの所有者、ヒールンクスに言及したときだった。

「これまでヒールンクスを見た者はいない」コルンズが……あるいはソウプか？……すげなく応じた。「ヒールンクスはプラネタリウムの主で、豊富な知恵を持つ」

「だが、きみたちはプラネタリウムを監視しているわけだ」レオ・デュルクは情報を得ようとした。「しかるべき権限を持つ者だけが出入りできるように見張っている」

「いかにも」

「許可された者とそうでない者をどのように見わけるのか？」

「ヒールンクスが知らせてくる」

「どうやって？　通信できみたちに話しかけるのか？」

「われわれの思考に話しかけてくるのだ」

つまり、テレパシーによるコミュニケーションだ。このまま会話をつづけて、さらなる情報を得ようしないのは、おろかというもの。

「どこに、プラネタリウムはある？」

「その答えできみがどうこうできるわけではないが」と、ソウプが……あるいはコルンズか？……いったあと、やすりをかけるようなだみ声を連続してあげた。人間の笑い声に匹敵するものかもしれない。「そこに見えるだろう？　山がたがいに近づき、隘路を形成する場所が」

「きみたちの家はどこだ？」

アスタルデは、すぐには反応をしめさない。二秒後、驚きの声があがる。

「どうして、そこにわれわれのすみかがあるとわかる？」

兵器主任はしばらく、やすやすと手に入った成果に浸った。やがて答える。

「われわれ異人は、きみたちが思うよりも多くを知っているのだ」

「どうでもいい」アスタルデが鼻を鳴らしていう。「その隘路が〝プラネタリウム通り〟のはじまりだ。われわれは、通りの両側にそびえたつ岩壁で監視する。通りの終点にプラネタリウムがあるのだ。きみの好奇心は、これで満たされたか？」

「いや、まだぜんぶは……」

「もういい」レオ・デュルクは乱暴に言葉をさえぎられた。「この話は充分だ」

しばらく沈黙が支配する。やがて、提督の声が聞こえた。

「よくやったぞ、兵器主任。すくなくとも、われわれ、地形を把握したわけだ」

*

山々がたがいに近い間隔でそびえていた。大きな谷はすでに背後に去った……それとともに、ローランドレの多種多様な生命も。山なみに近づくにつれて、周囲はさらに単調なようすを帯びる。色鮮やかに生い茂っていた植物はモノトーンになった。森につづく通りが反対側からふたたび顔を出すことはない。まるで世界の果てに近づくかのようだ。アスタルデは孤独に生きていた。険しい山々の前に位置するまるく小高い丘に、これらの陰気なグレイの城塞はある。ヘルメット・テレカムの雑音さえますます弱まり、ついには完全に消えた。まるで、ここには電磁振動をのみこむバリアがあるかのようだ。

レオ・デュルクは、隘路の向こう側にまっすぐのびるひろい道路に気づいた。視界のはしをこえ、その先までさらにのびている。せまい間隔でそそりたつ山々のあいだにひろがり、その両側にはポプラに似たひょろ長い植物がならんでいた。これが、アスタルデのいっていたプラネタリウム通りにちがいない。

輝くエネルギー泡は、隘路の左側からもっとも近い城塞に向かうコースをとった。兵器主任はすでに、ほとんど完全に麻痺を克服していたので、好きなように周囲を見わたせるこのチャンスを思うぞんぶん利用した。八メートルの壁にかこまれた建物は暗く陰気で、だれも住んでいないように見える。どこにも生命のシュプールはなく、まばらな植物が丘の斜面の上のほうまで遠慮がちにつづくだけだ。それさえ、壁の基部の手前数十メートルのところで終わり、植物の育たない不毛の土地に席をゆずる。

アスタルデのどちらかが、いくつか理解できない言葉をつぶやいた。合図にちがいない。というのも、まるで魔法の手にかかったかのごとく、高い壁のなかにアーチ状の開口部が出現したのだ。エネルギー泡が収縮する。ソウプとコルンズは、捕虜の頭上を飛びこえ、先行した。そのままアーチ門に向かう。

だが門まであと数メートルというところで、事件が起きた。

レオ・デュルクにとって、それはけっして驚くものではなかった。向こうの掩蔽壁の上で動く灰褐色のシルエットに、すでに気づいていたから。とはいえ、なんであるかはわからなかった。いま、それがこちらに向かって漂いながら降下してくる。たくましいからだつきをした賤民の女戦士たちだ。すくなくとも二十名はいる。完全に不意を突かれたアスタルデにはまったくチャンスがない。ブラスターがはげしく音をたて、うなりながら発射された。恒星のごとく熱いエネルギー・ビームが空中をはしる。ソウプにまず命中。アスタルデはよろめき、アーチ門のすぐ前の地面に倒れこんだ。コルンズは攻撃をかわそうとしたが、ネット賤民の武器による火の輪から逃れられない。一瞬、炎のマントにつつまれたように見えた。数秒後、コルンズもまた、同胞の横たわる場所からそれほど遠くない地面に倒れる。

コルンズが倒れると、レオ・デュルクと提督をそれまで運んでいた輝くエネルギー泡が消滅。このとき、地面からわずか二メートルの高さにいたのはさいわいだった。というのも、グラヴォ・パックの制御装置が充分にすばやくは反応しなかったから。ガルウォたちを引き連れていたときすでに不調をきたしていたため、落下をくいとめるべく制動をかけることができなかったのだ。デュルクは勢いよく落ち、一瞬、意識が朦朧とした。苦労して身を起こすと、クモ生物の姿が近づいてくるのが見えた。

「ギリ……ギリナアルなのか?」兵器主任は、つっかえながらたずねる。

賤民が目の前で立ちどまり、

「そう、わたしだ」と、応じた。「あなたたちの近くにとどまると約束しただろう」

「どうやって、ここまできたのか?」

「あなたと同じ方法で……谷を横切ってきた。アスタルデはわたしや同行者を足どめしなかった。こちらを気にもかけない。アルマダ炎の保持者だから」

「かれらはプラネタリウムの監視者だろう」兵器主任は、状況を把握しようとつとめた。「なぜきみたちは、かれらを攻撃し、われわれを助けたのか?」

「すこし前に、アルネマル・レンクスのガルウォ一名を捕虜にしたと話したが」と、ギリナアル。「その者から、あなたたちがオルドバンを助けるつもりだと聞いた。オルドバンに到達する道を見つけるために、ヒールンクスのプラネタリウムを訪ねなければならないとも。オルドバンの声をふたたび聞くためならば、ローランドレに住む全種族が協力する。あなたたちがわれわれの希望を叶えてくれるというのなら、万事まかせるべきだ。なのに、アスタルデはあなたたちの行く手を阻もうとした。そうはさせない」

「だが、なぜ……」

ギリナアルは右腕をあげ、

「もう話は充分だろう」と、おだやかに告げた。「コルンズとソウプはプラネタリウムの唯一の監視者ではない。ここでなにが起きたのかを知る監視者もいる。先を急ぐのだ……早ければ早いほどいい」

「彼女は自分のいっていることがわかっている」この瞬間、クリフトン・キャラモンが口をはさんだ。「彼女のいうとおりにするのだ、兵器主任！」

「できません」レオ・デュルクがうめくように応じた。「この狂った世界のどこかで、いつかは状況を把握しなくてはならない。やれやれ、ありそうもない偶然の一致が次々と起こるんですよ。それらを、広大な宇宙におけるごく自然な現象であるかのごとく、かたづけてしまうわけにはいきません。わたしは知りたい……」

「たしかに、あなたが知りたがるのも無理はない」ギリナアルがふたたびさえぎった。

「それでも、わたしは答えを教えることができない。さらにいえば、あなたが疑念を持ってここにとどまりつづけるあいだ、刻一刻とあなたたちにも、われわれにも、さらなる危険が迫る。アスタルデを過小評価してはならない。ここでなにが起きたか、見ただろう。すぐに出発すれば、それだけ、生きのこるチャンスも増えるというもの」

レオ・デュルクははげしく肩をつかまれるのを感じた。

「彼女のいうことを聞くのだ」クリフトン・キャラモンがふたたび迫った。「そこの下、まっすぐな道の終点に、プラネタリウムがある。出発するときだ」

兵器主任はそれ以上、抵抗しなかった。グラヴォ・パックのベクトリングを変更すると、キャラモンとともに、山腹を滑りおり、隘路に向かう。ふたたび周囲を見まわすと、すでにギリナアルの姿は見あたらない。いまようやく思いいたった。助けてもらった礼をいうことさえできなかったのだ。

＊

ひび割れた山壁がつねに左右をかこむ平坦な道を、十キロメートルほど進んでいった。やがて道はくだりはじめ、直径千五百メートルのすり鉢状の谷に到達。谷の中央に建物が見える。まるで、巨大なハンマーの一撃で高さがもとの半分まで縮んだ時代遅れの金庫のようだ。谷のところどころに、植物が群生している。レオ・デュルクが縮んだ金庫のほかにまず気づいたのは、アルマダ作業工が百体以上、浮遊する姿だった。

ふたりは立ちどまらなかった。慎重に駆け引きをする時間はない。山腹を滑りおり、谷に入る。すると、一アルマダ作業工によってすぐに足どめされた。

「ここになんの用があるのです？」と、たずねてきた。

「ヒールンクスに会いたい。かれに質問がある」レオ・デュルクが大胆に答えた。

「ヒールンクスは、もう公けには話しません。プラネタリウムは閉鎖されました」

「われわれ、それをふたたび開けるためにここにきた」と、兵器主任。

「許可書が必要です。提示してください」アルマダ作業工が要求する。

「おまえに提示するものはなにもない」クリフトン・キャラモンが大声でいう。「アスタルデがわれわれを通したのだ。それが充分な証明ではないか？」

ロボットは躊躇した。

「われわれをここで足どめする理由はないだろう」レオ・デュルクが提督に同調する。

「入口に案内し、開けてくれ」

戦術が功を奏した。アルマダ作業工はなにもいわずに背を向けると、飛びたった。テラナーふたりはそのあとを追う。ほかの作業工の群れは、異人にかまわない。一体が同行していれば、充分に合法的なのだ。レオとキャラモンを案内するロボットは、奇妙な建物外壁に数メートルほど深く入りこんでいる一アルコーヴに向かった。アルマダ作業工がドアを開けると、その先には、ぼんやりとした薄暗がりがひろがる。作業工は漂いながらわきによけ、テラナーをなかに通すと、こう告げた。

「幸運を。一時間後、ふたたびこのドアを開き、あなたがたを外に出します。ここにもどってこられなければ……永遠にこのなかに囚われるのです」

不吉なことをいうものだ。とはいえ、レオ・デュルクも提督もこれで気分を損ねることはない。ようやく目的地に到達したのだ。ヒールンクスのプラネタリウムが目の前にある。ここでなら、ローランドレにどのような意義があるのかわかるだろう。

グラヴォ・パックのスイッチを切る。歩いて開口部を通りぬけると、すぐに背後でドアが閉じた。そこは幅がせまく、天井の高い通廊だった。目をまず薄暗がりに慣らさなければ。壁に沿って手探りで前進するうち、わずかに明るくなった。通廊の出口に大きな部屋があるのに気づく。その壁はガラスに似た物質でできているように見えた。壁が周囲のわずかな光を反射して輝き、そのきらめきが縦横無尽にはしっている……これが長くつづけば、頭が混乱しそうな光景だ。

ふたりは躊躇しながら、通廊からホールに足を踏み入れた。レオ・デュルクの推測によれば、実際のプラネタリウムは建物内部のさらに奥、この部屋の内壁の向こう側にあるはず。つまり、さらに内部に進む通廊かドアを探さなければならない。

「きみはそう考えるのか？」からかうようなアルマダ共通語が響いた。

どこからか、光がさしこむ。レオ・デュルクは驚いて周囲を見わたし、外壁の一平方メートルほどがスクリーンと化したのに気づいた。そこに、しずくのかたちをしたむらさき色に輝く構造体が浮かんでいる。その色彩はアルマダ炎を彷彿させた。

「わたしに話しかけているのか？」兵器主任が混乱してたずねた。

「ほかにだれがいる？　この先のどこかで、プラネタリウムが見つかるにちがいない。そうきみは考えているのだな」

レオ・デュルクは不快に思った。まちがいない。ここで何者かあるいは何物かが、自分の思考を読んだのだ。とはいえ、この瞬間なにも打つ手はない。それ以外は、なにも恐れる必要はなかった。ここにきた意図は純粋だ。

「で？　それは間違っているのか？」と、たずねてみる。

「いや。だが、われわれがきみを通すとだれがいった？」

「〝われわれ〟とは、だれのことだ？」クリフトン・キャラモンが大声でいった。

「われわれはヨー種族。ヒールンクスの保守者だ」

薄暗がりを通じ、なにかが近づいてくる。影のような物体だ。いくつかは燐光をまとい、ほかは暗い。鬼火のような動きで、侵入者二名に近づいてくる。

「気にすることはありません」レオ・デュルクがうなった。

ふたりは進んだ。部屋の内壁が左側にある。兵器主任は緊張しながら、輝く表面に沿ってようすをうかがった。同時に、揺れ動く影から目をはなさないようにする。隣りで突然、火が燃えあがった。振り向くと、クリフトン・キャラモンがオレンジ色の光につつまれるのが見える。レオは憤りのうなり声をあげ、提督を助けに駆けつけようとした。だが、CCはこれを拒否。提督がにやりとするのが、ゆらめく光を通して見えた。

「いや、兵器主任。わたしはなんともない。忘れたか？　われわれ、なにも気にすることはないのだ」

　レオ・デュルクは歯を嚙みしめ、進んだ。青白い稲妻が天井に沿ってはしるが、無視する。すぐ目の前の床からひと筋の炎があがり、天井まで達した。ふたりはこれを迂回する。キャラモンをつつむオレンジ色の光はすでに消えていた。外壁が明るくなり、さらなるスクリーンが出現。むらさき色に輝くしずくの映像がうつり、耳をつんざくような笑い声がホールに響きわたった。ふたりはなにもなかったかのように、さらに進む。あらゆる種類の不気味な現象が行く手を阻もうとするが、気にとめない。

　こうして十五分が経過した。すると突然、明るくなる。すぐ目の前の、こんどは内壁が光り、すくなくとも十平方メートルはありそうなスクリーンがあらわれた。そこにうつるのは、例の光るしずくだ……あるいはこれは、炎をかたどったものか？

「よかろう」非現実的な声がした。「きみたちは正直で、毅然としている。たいていの方法では脅かされない。きみたちの思考には、よからぬことをたくらむようすもないようだ。プラネタリウムに立ち入ることを許可しよう」

スクリーンが消え、壁の同じところに開口部が出現。レオと提督は、明るく照らされた巨大ホールをのぞきこんだ。なかはがらんどうだ。天井は非常に高く、建物の屋根を兼ねているにちがいない。中央には、かなりの大きさの卵形の窪みが見える。

テラナーふたりは進んだ。レオ・デュルクは用心深く周囲を見まわし、背後の開口部がまだ開いたままなのを見てほっとする。ヘルメット・ヴァイザーのクロノメーター表示を点灯させ、建物に入ってから二十三分が経過したと知った。つまり、あと三十七分ある。それまでに、アルマダ作業工が自分たちをなかに通したドアまでもどらなければ。

ふたりは奇妙な窪みをのぞきこんだ。バスタブのようで、かなりの深さだ。レオ・デュルクは、もっとも深いところに、排水用の暗い穴が見えたような気がした。とはいえ、これには自信がない。

クリフトン・キャラモンが周囲を見まわす。ホールの外で相手にした幻のような影が数体、ふたりのあとについてきていた。

「プラネタリウムはどこにあるのか？」提督が叫んだ。

〈ずいぶん気の短い男だな〉と、返答がある。レオ・デュルクは身をすくませた。耳から聞こえたのではない。意識内に声が生じたのだ。メンタル性の声がつづけた。〈あらゆることにはそれぞれ時間がかかるもの。辛抱して待つのだ〉

影のようなものが巨大バスタブに跳びこんだ。一見、あてもなくただなかで飛びまわっているように見えるが、やがてレオ・デュルクはわかった。外のローランドレの前庭をつつむのと同じ種類の乳白色の光がバスタブに満ちだしたのだ。すると、輪郭のない輝きがかたちをとる。光のなかからあらわれたのは、ほぼ台形に近い物体……巨大な平板だった。その表面には、切りこみや穴、そのほか醜いでこぼこがある。

兵器主任はこれを見て、驚いた。意識の奥で確信が生まれる。目の前にあるのは、ローランドレの模型にちがいない。

＊

〈奇蹟を見よ！〉メンタル性の声がとどろいた。〈これがローランドレ、巨大星系の物質からつくられた宇宙的物体だ。永遠の監視者オルドバンが座する場であり、かれの記念碑でもある〉

驚愕する見物人ふたりの目の前で、平板が回転した。半透明で、かなりの厚みがある。その内部には、道、トンネル、通廊、小部屋、ドーム、ホールなどなど……混乱するほど無数の空間や交通網が見える。

〈ローランドレの縦方向に光の放射がはしるには、二十分ほどかかる。横方向には四分、せまい側に沿っては二分強〉

テレパシーでレオ・デュルクの意識に流れこんできた時間概念は、アルマダ共通語で一般に用いられているものと一致した。兵器主任はなんなくこれを換算する。驚いたことに、ローランドレは、最長三億五千万キロメートルにおよぶとわかった。台形の長辺側は七千万キロメートルほど、短辺側でもすくなくとも四千万キロメートルある。これほどの巨大構造体をつくるには、どのような技術が必要とされるのか……さらに〝永遠の監視者オルドバンが座する場であり、かれの記念碑でもある〟物体を文字どおり形成した巨大星系とは、どれほどの規模のものなのか。レオは想像しようとして息をのんだ。

平板が停止した。メンタル性の声がふたたび響く。

〈きみたちは、ローランドレに関する知識を得るためにここにきて、それを見た。たとえ模型であっても同じこと。もう帰るがいい。これ以上話すことはなにもない〉

レオ・デュルクはこれにしたがうつもりだった。時間がないのだ。ところが、提督はそうかんたんには引きさがらない。

「きみは何者だ?」と、声に出してたずねた。「ヒールンクスなのか? どこにかくれているのだ?」

〈わたしがヒールンクスだとも。きみたちがいまいるこの空間が、わがプラネタリウムだ。わたし自身がプラネタリウムということ。見るがいい……〉

ローランドレの模型が溶けだした。乳状のねばねばした物質と化し、バスタブを満たす。

〈見たものを理解しようとはするな〉テレパシー性の声が警告した。〈この不透明のプラズマが実質を持つのか持たないのか、考えてはならない。これはわたし自身なのだ。このプラズマは、わが意識の居場所。かつて、わたしには肉体があった。だが、僭越にも、従者たちに対してみずからアルマダ中枢の役割を演じたために、オルドバンに罰をあたえられたのだ。肉体を奪われ、プラズマ物質のなかに精神を追放された〉

「オルドバンはどこにいる？」レオ・デュルクがたずねた。

〈だれも知らない〉と、返答がある。〈長いあいだ、その消息を知る者はいない。とはいえ、まだわれわれに話しかけていたときですら、オルドバンの居場所は不明だった。かれはローランドレのなかのどこかにいたが……どのポイントかは、だれも知らなかったのだ〉

漠然とした悲哀の響きが、メンタル性の言葉にまじる。ヒールンクスはおのれの……そしてオルドバンの……運命を悔いているのだ。とはいえ、嘆いてはいない。レオ・デュルクはここで起きた出来事を推察しようとするが、理性がこれに抗った。事象はあまりに不可解で、ここでは想像を絶する力が役割をはたしている。自分の世界よりもずっと大きく複雑な世界を前に、人間の精神は尻ごみしていた。

耳をそばだてる。たったいま、なにか声が聞こえなかったか？

〈さ、行くがいい〉ヒールンクスがふたたび迫った。ゆるやかな波がプラズマ表面で震える。まるで、プラネタリウムの主がおちつかなくなったかのように見えた。〈きみたちにのこされた時間はもう多くはない〉

「もうひとつ質問がある」クリフトン・キャラモンは譲らない。「われわれがオルドバンを救おうとするなら……」

レオ・デュルクはぎょっとした。こんどははっきりと聞こえる。甲高い、しわがれた悲鳴のような声。まるで命令のようだ。まちがいない。アスタルデが発したものだ。クリフトン・キャラモンが言葉の途中でさっと振り返った。

そのとたん、壁の開口部からアルマダ作業工の群れがあふれだした。その背後から耳をつんざく声がする。

「異人のスパイを捕まえるのだ！」

*

レオ・デュルクは立ちすくんだ。チャンスはまったくないとわかっている。ヘルメットを閉じ、防御バリアを作動させたが、これでどれくらい持ちこたえられるのか？　アルマダ作業工は例外なく武装し、アスタルデの命令にしたがっている。巨大なドラゴンのような姿が、壁の開口部にくっきりと浮かびあがった。

ところが、クリフトン・キャラモンは違うことを考えているらしい。たとえ勝算がほとんど皆無とわかっていても、戦いもせずに降参するのは性に合わないのだ。レオ・デュルクは、提督がヘルメットを閉じるのを見た。いまに個体バリアが光るだろう。

ところが、なにも起きない。アルマダ作業工の一体が、まるで提督に体当たりするかのごとく急接近してきた。キャラモンは避けようとしたが、ロボットはその動きに合わせ、たちまちコースを変更。人間と機械が衝突し、鈍い爆発音があがる。クリフトン・キャラモンは両腕を上にかかげ、すさまじい悲鳴をあげた。一秒ほど、揺れながらもからだをまっすぐにたもっていたが、やがてバスタブの縁をこえ、乳白色のプラズマ物質のなかに落下した。

それから起きたことを、生涯レオ・デュルクは忘れないだろう。一見したところ、状況はとりたてて危険には見えなかった。高性能のグラヴォ・パックは、提督を粘着性のぬるぬるした物質から解放するのに必要とされる出力を充分に持つ。だが、キャラモンは動かない。生気なく硬直したまま、ねばねばした液体のなかに一センチメートルずつ沈んでいくではないか。アルマダ作業工と衝突したさい、どこか負傷したにちがいない。

「顔をあげてください、CC！　いま助けに行くから！」兵器主任が叫んだ。

アルマダ作業工がレオをかこむように群がる。こちらが武装しているかいないか、はかりかねているのだろう。レオはヘルメットを閉じると、グラヴォ・パックの制御装置に命令を発した。おもむろに床から跳びあがり、浮遊しながらバスタブの縁をこえる。アルマダ作業工が追いかけてくるようすはない。どうやら、バスタブ内への立ち入りを許されていないようだ。

おだやかに波打つ液体から突きでて見えるのは、すでにクリフトン・キャラモンの頭と肩だけだった。レオ・デュルクは下降していく。周囲を、影のようなヨーが飛びまわっている。なにかに没頭して興奮しているようだ。兵器主任は、最初かれらにまったく注意をはらわず、ひたすらクリフトン・キャラモンに神経を集中させていた。提督はいま六メートルほど下を、ますます深くプラズマ物質のなかに沈んでいく。

数秒後、ふたりの距離がたいして縮まらないことに気づいた。周囲を見わたし、驚く。自分はすでにバスタブの縁から二十メートル下にいた。プラズマの表面が目の前から遠ざかっていたのだ！　バスタブがからっぽになる！　いまようやく、ヨーの興奮したようすの原因がわかった。プラネタリウムを作動させたのも、プラズマを流出させたのも、かれらだったのだ。ヨー自身がかたちのないエネルギー性スイッチの役目をはたし、プラネタリウムを制御しているということ。

それでもまだレオ・デュルクは、クリフトン・キャラモンに深刻な危険がおよんでいるとは思わずにいた。結局、かれのヘルメットかどこかをつかんで粘液から引っ張りだせばすむ話だ。ところが、下を見ると、さっきまで提督がいたところにはただ泡が浮かぶだけだった。泡がはじける音が聞こえる。

「CC！」レオは叫んだ。「どこにいるんです？　答えてください！」

ヘルメット・テレカムから音がした。ほとんど聞こえないほど弱々しく、クリフトン・キャラモンの声が聞こえる。

「捕まってしまった、レオ。やつはわたしを手ばなさないだろう。もう力もつきた……達者でな、友よ……」

「ばかなことを！」レオ・デュルクはなかば狂ったように、必死で叫んだ。「わたしが助けだします……」

レオは石のように急降下した。ヘルメット・テレカムの雑音はまだ聞こえる。接続はたもたれているのだ。ただ、クリフトン・キャラモンはもうなにもいわない。レオ・デュルクは、ぬるぬるした物質の表面に突進した。手につかめるほど近づき、筋肉を緊張させて衝突の反動に身がまえる……ところが突然、それは消えてしまった。流れでたのではなく、非物質化したのだ。

レオ・デュルクは動きをとめた。混乱し、必死に真っ暗な穴をのぞきこむ。バスタブ底の深淵がこちらに向かって口を開けていた。救いようのないむなしさがひろがり、意識のなかからすべての感情が消えていく。消耗し、燃えつきた感じだ。クリフトン・キャラモンがいなくなったことを、どうしても理性が受け入れようとしない。筋金入りの頑固さに何度も腹をたてながら、それでも友でありつづけた男を失ったのだ。運命の気まぐれにより、十六世紀以上を生きぬいたクリフトン・キャラモンは、もういない。

レオ・デュルクは暗い穴への入口で、動けず浮かんだままでいた。徐々に、アスタルデとアルマダ作業工がたてる雑音が意識に入りこむ。見あげると、敵がバスタブの縁でひしめきあい、兵器主任を捕まえようと待ちかまえていた。この圧倒的に優勢な敵に対しては、すこしのチャンスもない。

いや……捕まってたまるものか。若いアスタルデ連中のおもちゃになるのはまっぴらだ。戦いにも逃走にも疲れた。おのれには安らぎが必要だ。

エネルギー・バリアを作動させてから制御装置に手短に命じ、さらに深く下降した。穴が近づいてくる。頭上ではアルマダ作業工がビームを発射しはじめた。兵器主任が逃げだそうとするのに気づいたのだ。数発は命中したが、個体バリアがその衝撃を吸収した。

穴の暗闇が周囲をとりかこんだ。頭上を見あげると、円形に見えるプラネタリウム・ホールの光がどんどんちいさくなっていく。足もとを暗闇が支配した。この道はどこにつづくのかわからない。それでも、いつかふたたび、自分と同じ人類に遭遇するまでには、長い時間がかかるだろう……

二百の太陽の星への攻撃

アルント・エルマー

登場人物

スタリオン・ダウ……………………オクストーン人。ハンザ・スペシャリスト

トルムセン・ヴァリー………………エルトルス人。《ジャイアント》船長

グンナー・ヘルト……………………同。《ネスヴァビア》船長

モルケンシュロト……………………超重族。GAVÖK所属

ギルプ…………………………………ブルー族。GAVÖK特別大使

フランクリン・デミル………………シガ星人。ポジトロニクス技師

ルッセルウッセル
クリュッツェル　}……………………マット・ウィリー

カッツェンカット……………………指揮エレメント

1

スタリオン・ダヴは頭をそらし、水色の天空を見あげた。三つの黒い円盤が滑空し、旋回する。三機の軌道は交差し、たがいに接近して何度もニアミスした。

あれは太陽円盤だ。それぞれ技術者十二名が乗る。大気圏の最外層を飛びながら、なにかを調べていたが、一時間もすると調査をあきらめ、ハンザ拠点の着陸床にもどってきた。このときにわかるが、太陽円盤とは、旧式のスペース＝ジェットのこと。着陸してまもなく、エアロックが開く。すると、絨毯(じゅうたん)に似た構造体の群れが複数出てきた。無数の疑似脚で着陸床を急いで横切っていく。這うように前進する者もいた。からだを引きよせては、ふたたび伸ばして移動する。

絨毯のうち数体が、人間の手足に似た突起を形成。平面から伸びた頭には、長い有柄眼が揺れる。マット・ウィリーだ。

モルケンシュロトとガタス人のギルプを待っているのだが。

ダヴはおちつかないようすで、エアロックを見つめた。そこにはもうだれの姿もない。絨毯たちがうねるように近づき、スタリオン・ダヴをとりかこんだ。オクストーン人のハンザ・スペシャリストは考えた。すくなくとも五十体はいそうだ。全員が有柄眼をくりだし、瞬時に形成した口から、さまざまな報告を大波のごとくぶちまける。ダヴは身をすくめ、両腕を上に突きだした。手で耳をふさぎ、苦痛に顔をゆがめる。

「しずかに！」と、叫んだ。「気でも狂ったのか？」

マット・ウィリーたちは急に口を閉じた。有柄眼がとほうにくれたように前後に揺れる。すると突然、命じられたかのように変身した。ヒューマノイドの上半身と、ダヴの顔にそっくりなコピイをつくりだしたのだ。五十人のスタリオン・ダヴがこちらをじっと見つめる。

「技術者はどこだ？　モルケンシュロトとギルプは？」ダヴがたずね、黒いコンビネーションをなでた。このコンビネーションは、散開星団プレセペ中枢部に位置する惑星オクストーンからきた環境適応人の本質を強調するようなもの。さらに、黒いブーツがだめ押しをする。ダヴがどぎついブラックユーモアを好む男だと噂するのは、ごく親しい同僚だけではない。

身長百七十センチメートルのダヴは、オクストーン人としては目立って小柄だ。とはいえ、横幅と発達した筋肉は、平均身長百九十センチメートルの同胞にけっしてひけをとらない。明るい褐色の肌は絹のように輝き、黒いげじげじ眉をのぞいて、頭部にはまったく毛がなかった。ハンザ・スペシャリストは、ベルトのマイクロ重力発生装置のぐあいを確認。これは、故郷惑星で慣れ親しんだ重力四・八Gをつねにたもつ。いま滞在する惑星の地表重力は一・一三Gで、この男にとっては低いものだ。

「すぐにきます！」ダヴの顔をした一体がぶつぶついった。「われわれ、かれらの首をちょん切ってやりました。ふたたび縫合するのに時間がかかっているのです！」同意するようなつぶやきがまじる。

「ルッセルウッセルか！」ハンザ・スペシャリストがうなるようにいう。このマット・ウィリーがだれだか、その声でわかったのだ。「何回いえばわかるのだ？　きみにはオクストーン人の繊細なユーモアセンスはけっして理解できない。きみのは、アビラム・ケッセルフリクのような人間蔑視の輩（やから）がいったのとたいして変わらないぞ。だから、黙ってろ！」

「黙ります！」マット・ウィリーがいっせいに復唱する。ぼそぼそいう声がおさまると、かれらは動きだした。数メートル進むと、ありとあらゆるかたちに変身する。なかには、オクストーンで見られる犬も数匹いた。地面がかすかに揺れ、マット・ウィリーが駆けぬけていく。まもなく、着陸床のはずれの低層建築物の奥に消えた。

スタリオン・ダヴは、三機のスペース＝ジェットに向かった。ふたたび天空を仰ぐ。この惑星を暖め照らす、二百の太陽の一部が見えた。太陽はぐるりと配置されている。二一一四年、テラナーがはるか遠くはなれた銀河間の空虚空間でこの惑星を発見したとき、とっさに〝二百の太陽の星〟と名づけたもの。

二百の太陽の星は、いまもポスビの中央世界であり、中央プラズマの所在地だ。この惑星では、つねに昼間が支配する。

いずれにせよ、いままでは。未来は、過去よりもあてにならない。

ようやく、モルケンシュロトがエアロック室から出てきた。身長も横幅も同じくらいある超重族だ。気づかわしげな顔にはしわが刻まれ、身振りをしながらついてくるブルー族に注意もはらわない。ほかのスペース＝ジェット二機からは技術者たちが出てきた。プロジェクトのさらなる展望について、声を落として話しあっている。

「低すぎる！」スタリオン・ダヴは、防衛委員会のメンバーふたりを迎えていった。「相いかわらず、きみたちは低空飛行だな！」

「なぜ、知っている？」ギルプが興奮してさえずった。「マット・ウィリーか……」

「かれらのことは忘れろ」モルケンシュロトは陰気な声でつぶやき、否定するように手を振る。「より高くするしかないな。本来の太陽リング内にさらなる人工太陽を設置するのは不可能というもの。およそのデータは、われわれのスペース＝ジェットのコンピュータ内に記録されている！」

「わかった」と、ダヴ。「ならば、もう一度飛ぼう。だが、それでよしとしなければ。さらに試みる余裕はない。あまりに多くの時間を費やしてしまった！」

超重族はうなずいた。ブルー族がこれにならう。頸の付け根にある口から鋭いため息が漏れた。

「《ラス・ヴェガス》はどうした？」モルケンシュロトがさらにたずねた。「帰還したのか？　新しい情報を持ってきたか？」

スタリオン・ダヴはかぶりを振った。重ハルク船《ラス・ヴェガス》は球状星団M－13から二百の太陽の星に向かっている。すでにほぼ三十万光年の距離を飛んでいた。計画では、すでに到着しているはずだが、これまでなんの連絡もない。

その理由は、ひとえにブルー族の帝国内における事件と関係しているのだろう。銀河イーストサイドにおける状況は、GAVÖKの伝令船が毎日数回、伝えてきていた。

「さっさとジェットにもどるぞ！」スタリオン・ダヴがはっぱをかけた。「それとも、ここで日光浴でもするつもりか？」

ふたりの先に立ち、エアロック室に向かった。モルケンシュロトは大儀そうにからだを動かした。痩せたブルー族はそのわきでせかせかと歩く。まるで、紐で動く操り人形のようだ。

ハンザ・スペシャリストのベルトのスピーカーが鋭い音をたてた。ちいさな光がほのかにともる。スタリオン・ダヴは足をとめると、小型通信機を手にとり、

「ダヴだ」と、名乗った。

「ばかですね」マット・ウィリーのさえずるような声が耳に押しよせる。「でかぶつの禿(は)げたオクストーン人、耳をウサギのように立てて聞いていますか？　すべての母なる母がお呼びです！」

スタリオン・ダヴは、まるで雷に打たれたかのように身をすくませた。通信機から手をはなし、コンビネーションのマグネット・ファスナーを開くと、胸のちいさな金属ディスクを見つめる。赤熱(せきねつ)し、淡紅色の光をはなっていた。そこではじめて、肌にぬくもりを感じた。ディスクがいまようやく作動したのだ。

太陽追加プロジェクトの件も、いま自分を呼びだしたマット・ウィリーのことも忘れる。オクストーン人の思考は、ただ唯一の点に絞られた。

中央プラズマが呼んでいる。われわれに話があるのだ。シグナル・ディスクを通じて合図をよこしたわけか。緊急ではあるものの、いまのところ中央プラズマに危険はおよんでいないようだ。淡紅色の光でわかる。

無意識のうちに、かれの視線は低層建築物と地下のハンザ拠点につづく入口を通りすぎ、はるか遠くをさまよった。二キロメートル先から、ひろさ十キロメートル四方にわ

たる中央プラズマの領域がはじまる。プラズマがあるのは、高さ二百メートルの半鐘形ドーム八十基のなかだ。樹木でおおわれ青々とした草が生い茂る惑星表面のドーム群は、格子（こうし）状のエネルギー・バリアにかこまれていた。それは遠くから見れば、けたはずれに巨大な金属泡のように見える。このプラズマ集合体の中央にハイパーインポトロニクス・センターがあり、知性を持つ中央プラズマと接続している。中央プラズマは、かつて惑星ランドＩからここにうつされたものだ。

「急ごう！」スタリオン・ダヴは大声をあげると、動きはじめた。ドームに向かって走る。そのあとにブルー族が軽快につづき、モルケンシュロトがふたりのうしろから重い足どりでついていった。たった二十メートルで、すでに息を切らしている。

ハンザ・スペシャリストは先を急いだ。たちまち、同行者ふたりとの差が開いた。遠くから、乗用ポスビが高速で近づいてくる。このときはじめて立ちどまり、仲間を待った。中央プラズマの警報が意味するのはただひとつ。二百の太陽の星が危険な状態にあるのだ。

＊

通信装置はホールなみの大きな部屋にあった。部屋の壁は上から下まで制御エレメントにおおわれている。ドアと反対側の壁には大型スクリーンが輝き、中央プラズマとハイパーインポトロニクスのシンボルがうつる。

スタリオン・ダヴはホールに足を踏み入れた。そこには二十体ほどのポスビがいる。それぞれの能力に合わせ、さまざまな形状をしていた。制御コンソールを操作するのは八本の付属肢を持つポスビだし、薄片のような可動触手のついた球形胴体だけからなるポスビもいた。それらがいたるところに浮遊し、設備の各エレメントの抵抗力をチェックしている。近いうちに不具合を起こしそうな部品は、たちまち新しいものと交換された。

二百の太陽の星の設備は古い。中央プラズマは保安上の理由および、みずからの存在が脅かされるという恐れから、技術設備とインポトロニクスを最新科学技術に見あった状態にすることをつねに拒否してきた。そんなことをすれば、プラズマはしばらくのあいだ制御不能となり、ポスビにどういう影響が出るか予測できないからだ。

「ご挨拶する」中央プラズマが声をかけた。「おふたりを呼んだのは、われわれのさらなる行動について協議するため！」

これではたいして危険にも、不安にも聞こえない。ハンザ・スペシャリストはそう思い、同行者を横目でうかがう。モルケンシュロトは、二百の太陽の星におけるGAVÖK部隊のリーダーだ。つねにここで生活し、この惑星のことならよく知っている。かれと同じく防衛委員会メンバーなのが、GAVÖKから特別大使としてポスビの中央世界に派遣されたブルー族のギルプだ。そのグレイの体毛でかなり高齢だとわかる。それ相応の敬意をしめすよう、相手にも態度で強要してくるのだ。

「どうも」ギルプがさえずるように応じる。「われわれを呼んだのはごく当然のこと。だが、ここにいるのは〝おふたり〟ではない」と、告げ、ダヴとモルケンシュロトをさししめした。「三人めがいるのだぞ！」

スタリオン・ダヴは顔をゆがめた。ブルー族の高齢ゆえの高慢さは、すでに知っている。中央プラズマもよく心得ていて、ただちにしかるべき反応をしめそうとした。ところが、ギルプとはかなり異なる性格のモルケンシュロトが一歩わきによったさい、反対方向に気をとられ、巨体でブルー族にはげしくぶつかってしまう。ギルプは足をすくわれ、バランスを失った。そのまま、助けようと近づいてきたポスビの触手アームに倒れこみ、受けとめられる。同時に、中央プラズマがいった。

「ようこそ、賢者である特別大使ギルプ」ハイパーインポトロン制御脳の生体部分が声に柔らかい響きをあたえる。「ご気分はいかがか？」

ブルー族はこの出来ごとにいささか混乱しながらも、ポスビのアームを振りほどき、二歩進んで同行者ふたりの前に出る。頸の付け根にある口から、ガタスの慣用句が洪水のごとくあふれでた。それでも、完全には超音波域にはずれないように努力する。ハイパーインポトロニクスは、高感度センサーによってガタス人の言葉を理解したが、インターコスモで応えた。ギルプのトランスレーターがこれをブルー族の言語に翻訳。

「安心してもらいたい。ガタスはまだ存在する!」

このニュースに、スタリオン・ダヴは仰天した。コズミック・バザールのロストック

を護衛してフェルト星系に向かったフラグメント船団が、もどってきたのか?

「エレメントの十戒によるフェルト星系への攻撃は、撃退された」中央プラズマがつづ

ける。「エレメントたちはフェルト星系近傍から撤退し、炎の標識灯は第一クロノフォ

シルに向かっている。LFTの伝令船は銀河系宙域をはなれた。このニュースを拡散し

て、惑星チョルト駐留のGAVÖK部隊に知らせるためだ!」

ダヴはただちに理解した。二百の太陽の星から一万二千光年ほどはなれたチョルトが

危険な状態にあるのだ。十戒がそこを攻撃してくるということ。だが、なぜチョルト

を?

「チョルトはクロノフォシルなのか?」ハンザ・スペシャリストがたずねた。「トルム

セン・ヴァリーから連絡は?」

「ヴァリーには現在、連絡をよこすほかにするべきことがあるようだ」中央プラズマが

応じた。「冷気エレメントがさらにひろがっている。空虚空間にあるポスビ基地三つが

すでにマイナス宇宙に墜落した。多くがその犠牲となり、避難できたのは一部のポスビ

だけ。これほど多くのプラズマが命を落としたのは遺憾なこと……」声がとぎれる。

ダヴは、哀悼の意をしめす声の震えが聞こえたような気がした。数百万立方メートルのプラズマからなるこの知性集合体が、あらゆる分身の存在を母のように気にかけていることを思えば、その破滅に心痛を感じるのもよくわかる。なんといっても、どのポスビも少量のプラズマを体内に持つのだから。

「基地三つだと。それはひどいな」モルケンシュロトがつぶやいた。「それでも、もうとりかえしがつかない！」

「さらなる基地が脅かされている」中央プラズマが応じた。「とはいえ、わたしがあなたがたを呼んだのは、冷気エレメントが進路を変えたせいなのだ。現在、二百の太陽の星をめざして拡大している。このままでは、フェルト星系の二の舞を演じるにちがいない。これを阻止できなければ、わが存在が危険にさらされる！」

それは、まったくいうまでもなく明白なこと。つまり、中央プラズマの存在が脅かされているのだ。スタリオン・ダヴは思い違いをしていた。この危険をとるにたりないものと考えたのだから。〝エレメントの十戒〟という名で知られる謎に満ちた敵は、予想されるよりも速く、驚くべき方法で行動に出てきた。

「こんどは二百の太陽の星が脅かされているわけか。遺憾だ」ブルー族がさえずる。ハンザ・スペシャリストは急に振りむき、うなるようにいった。

「もちろん、きみは遺憾だろうとも。だれだって他人のことよりわが身の利益がだいじだからな！　きみはすぐにでもガタスに配置換えになるがいい。そこはいま平穏だ。フェルト星系にはまもなく炎の標識灯が到達する。そうなれば、ガタス人はおそらく安全だろう！」

「わたしはフェルト星系の重要性を知っている。報告にあるようにクロノフォシルなのだから」ギルプが金切り声でいう。「とはいえ、二百の太陽の星も同様に重要だ！」

もちろんだ。それについては、だれもこれまで疑ったことがない。プラズマもまた、知性体なのだ。あらゆる武力干渉から守られるべき価値がある。

「ジュリアン・ティフラーがタウレクからの新情報を公表した」中央プラズマが口をはさんだ。「よろしければ、わたしのポジトロン・エレメントがみなさんのために記録を再生する」

「あとにしてくれ」ハンザ・スペシャリストが応じた。「新情報のうち、最重要事項について話してもらいたい」

「コスモクラートがいうには、二百の太陽の星もクロノフォシルであるとのこと！」

スタリオン・ダヴの背筋を猛烈に熱いものがはしり、その後、ただちに凍りつく。考えればわかりそうなものだった。だが、なぜだ？　クロノフォシルとはどのような意味を持つのか？

ギルプは、二百の太陽の星も同様に重要だといった。この言葉が、突然かなりの重さを帯びてくる。

二百の太陽の星に住むさまざまな種族に属する者たちは、これまで多くを知らなかった。すくなくともすべて知っているわけではない。たしかに、銀河系近傍に位置する基地とは定期的にハイパー通信をかわしているとはいえ、すべてを知りえるわけではなく、ニュースはつねに実際の事件の陰にかくれているから。

無限アルマダは銀河系を横切るさい、かならずクロノフォシルを通過しなければならない。いま混沌の勢力は、その道を阻止し、無限アルマダの使命をじゃましようとしているのだ。

それはどのような使命なのか。スタリオン・ダヴは答えの出ない疑問をいだいた。なぜ宇宙船の無限なる長蛇の列は銀河系を横切り、そのさい、定められたルートを通らなければならないのか？　疑問につぐ疑問がある。ハンザ・スペシャリストは思った。生きているうちにすべてに対する答えを得られるのか。たいていの宇宙的プロセスには、人間の寿命を超越するほどの時間がかかる。

「クロノフォシルは、不死者ペリー・ローダンのライフワークに属するもの」中央プラズマがつづけた。まるでこちらの考えを読んだかのようだ。「それはコスモクラートの目標とも結びついている。妨害されれば、惨憺たる結果となろう！」

「つまり、われわれが、二百の太陽の星への攻撃を阻止しなければならないのだな」モルケンシュロトが陰鬱そうにうなる。

中央プラズマは肯定したが、それを実現するのは絶望的だった。せめて十のエレメントのうちのひとつ、あるいは必要とあればふたつでも制圧できるような、完全に効果的な方法はひとつもないのだから。

「スタリオン・ダヴ」中央プラズマがたのんだ。「わたしはあなたを全面的に支援する。命令し、望みを口にすれば、叶えられるだろう。だが、任務はたしてもらいたい。あらゆるエネルギー施設を利用できるし、重力ローターも作動している。豊富な量の核融合プラズマの用意もある。ハイパー遠心分離機の超過圧タンク内には、さらなる追加プラズマが生じている！」

「急ぐぞ！」すでに出口に向かっていたダヴが、肩ごしに振り返り、声をかける。外で乗用ポスビが待っていた。二百の太陽の星の将来における全責任が突然、自分の肩にかかってきたという思いが、さらに活力をあたえる。

機体に飛び乗り、モルケンシュロトとギルプがすぐうしろからついてくるのを確認。三人がクッションに身を沈みこませると、ポスビはアブソーバー・フィールドを形成し、防御バリアで機体をつつんだ。それから、常軌を逸した速度で出発する。

「二千だ」スタリオン・ダヴが漏らした。「すくなくとも二千の人工太陽をさらに追加しなくては。それらで完全に惑星をかこむのだ。もしかしたら、二百の太陽の星の容量をうわまわるエネルギー供給を必要とするかもしれないが！」

「大急ぎで上に！」モルケンシュロトが上空をさししめした。「太陽追加プロジェクトのための理想的軌道をただちに見つけなければならない！」

2

冷気エレメント、応答せよ！　戦争エレメント、応答せよ！　技術エレメント、応答せよ！　それから……

カッツェンカットには返答が聞こえた。《理性の優位》がエレメントそれぞれのポジションと破壊力を正確に伝えてくる。暗黒エレメントに関してのみ、なにも情報はない。

カッツェンカットが特殊なゼロ夢を通じて呼びだしたあとに、姿を消したのだ。

暗黒エレメントに対して、カッツェンカットには畏怖の念があった。理解しがたく、それでも記憶にのこるもの。虚無でありながら、大きな効力を持つもの。

暗黒エレメントは、宇宙がまだ混沌に満ちていた最古のはじまりからの生命形態ではないか。指揮エレメントはそう推測する。数十億年を耐えぬき、あるいは保管されてきたのだ。

カッツェンカットは、エレメントの支配者のことを考えた。自分がゼロ夢のなかに移動して暗黒エレメントを呼びだすことを、支配者は予期していたのか？　失敗した罰が、いまくだるのか？

いや。夢見者は知っている。エレメントの十戒は自分を罰したりはしない。ひとつの勝利を逃したからといって、まだ戦いそのものに負けたことにはならないから。フェルト星系など、あらゆるクロノフォシルのなかで、もっともとるにたりないもの。一方、銀河系内にある二百の太陽の星はそれと対照的だ。銀河系外で無限アルマダを阻止するほうが、ずっとましだったのだが。

カッツェンカットはすでに一度、ゼロ夢のなかでこの惑星を訪れた。そのとき惑星の環境と基地の状況を調査し、冷気エレメントの進みぐあいを観察したもの。それは計画どおりに拡大して氷の壁を築き、住民の知性体が銀河系と呼ぶ銀河のイーストサイドにベルトのようにひろがっていた。冷気エレメントのたのもしい働きに満足する。あわてふためく者たちがこれに対抗できるすべはない。

サーレンゴルト人のカッツェンカットは十五番めの指揮エレメントである。かれはとうに、おのれの目下の最強の武器が冷気エレメントであることを認識していた。それは銀河系の外で効果を発揮している。宇宙ブイがあらゆる方向に警告をはなち、どの宇宙船も致命的宙域に近づこうとはしない。ブルー族は完全にこの宙域を避けている。というのも、かれらの艦隊が最初に冷気エレメントに遭遇したから。その発生現場に居あわせたのだ。

起爆によって冷気エレメントを抑制できるゴルゲンゴルは、もはや存在しない。

エレメントの支配者の目標達成に協力するカッツェンカットは甲高い笑い声をあげ、新しい計画に着手することにした。銀河系種族が冷気エレメントを倒すためには、宇宙全体を起爆しなければならなかっただろう。だが、それはできなかった。ただ、目の前にはまだ二百の太陽の星がある。惑星規模のカタストロフィが起きても、エレメントを押しとどめることはできない。

カッツェンカットなら、せいぜい罠を築くところだ。作戦を練ると、船に命じておのれの周囲にバリアを展開させ、からだをそっと横たえる。みずからの周囲にあるもののことも忘れてゼロ夢のなかに沈みこみ、計画の実行に着手する。

指揮エレメントは、冷気エレメントに思考命令を送った。優先的に二百の太陽の星に向かってひろがるよう命じたのだ。そして、この命令が実行されるようすをしばらく見守る。

その後、カッツェンカットは《理性の優位》をこれまでいた座標からブルー族の帝国に向かわせた。これは、注意をそらすのに役だつ。夢見者は船を銀河イーストサイドで縦横無尽に移動させて、混乱をもたらそうとしていた。そのあいだ、かれは夢をみる。

夢のなかで、エレメントによる攻撃を操作した。

＊

空間エレメント〝輝きの蝶〟は、〝霧かくれ〟のあとから空虚空間を突進する〝太陽の踊り手〟につづいた。グルウテ千体以上による部隊が虚無を駆けぬける。

遠くにイーストサイドの星々がまたたき、その奥で、まぶしい点がいくつか光った。銀河系外縁に位置する最後の星々だ。

〈光ツバメは、ハエ一匹捕らないな〉輝きの蝶は仲間にテレパシーで告げ、円盤艦四隻の飛行コースに一グルウテが飛びかかるようすを無関心に見つめている。四隻は恒星間の深淵を横切り、方向確認を終えたばかりだ。ひょっとしたら、相手もグルウテを探知し、破壊しようとしているかもしれない。

〈飛行を中断し、殲滅(せんめつ)作戦に参加しよう！〉太陽の踊り手が思考で応じたが、輝きの蝶はこれを拒否する。

〈われわれは霧かくれのあとについて、べつのセクターに入るのだ！〉

同意をしめす思考インパルスがとどく。グルウテたちは技術エレメントからハイパーエネルギーを満杯にしてもらっていた。このエネルギーがリニア飛行を可能にする。複数の航程をへて、イーストサイド宙域を横切り、あらたなゴールに接近していく。

三体は光ツバメのようすを見守った。このグルウテがブルー族の円盤艦に向かって発砲。長い頸を持つ生物はすぐに反撃したが、たちまち光ツバメはエネルギーの海に飛びこみ、これを吸いあげる。T字形のグルウテは快適そうにあちこち移動した。そのさい、長い〝尾〟が一ブルー艦に当たり、これをコースから投げとばす。接触によりはげしい放電が生じ、円盤艦は煙をあげながら墜落すると、ほかの艦の陰にまぎれた。

グルウテ数百体の賞讃のつぶやきが脳内を駆けめぐる。光ツバメの透明な皮膚を通してはっきりと確認できる色鮮やかな臓器が、勝利を確信する輝きをはなった。グルウテは次の敵に向かう。すると、円盤艦が通常宇宙から姿を消した。

部隊が速度を増して逃走したのだ。光ツバメはすばやく霧かくれに追いつき、からだをよりそわせると、闘争熱に囚われて、「もぐろう！」と、熱心に要求した。ところが、感情が欠如しているため、この熱もすぐにさめてしまう。ほかのグルウテ同様に、光ツバメもまた自己保存本能を持たない戦士なのだ。

グルウテは空間エレメントである。あらゆる形態のエネルギーを受け入れるという能力により、あなどれない武器となっていた。グルウテはとりわけ、その意識に精神エレメントを宿すことで、かれらの輸送手段として役だつ。今回もまた、精神エレメントの数体が同行していた。〝岩山登り〟はチャン一体を、〝木陰の風〟は二体を宿している。〝七つの光〟はチャン三体を宿しているとさえ主張した。

グルウテたちはともにリニア空間に消え、一黄色恒星と安全距離をたもちながら通常空間にもどった。速度を落とし、周囲を観察する。なにかがコンタクトしてきたのを感じた。

〈あれはシムバンという名の黄色恒星だ〉と、体内で声がする。〈三つの惑星を持つ。第二惑星には居住者がいて、そこから定期的に宇宙船が出発する。きみたちの任務は、この星系を混乱におとしいれること。ブルー族のだれもこの星系をはなれたり、ここへ飛来したりできないようにするのだ！〉

グルウテは注意深く耳をかたむけた。カッツェンカットがきたのだ。指揮エレメントがともにいるとき、かれの思考がこちらの脳に生じる。グルウテはチャンがおちつかなくなるのを感じた。運搬者との接触は失わないように気をつけながら、ほんのすこし後退するような動きをしている。

カッツェンカットはさらに語りつづけた。大型球型船一隻がシムバン星系に向かっているので、これに注意せよという。この船はまだ空間エレメントには気づいていないから、グルウテは冷静にふるまい、小悪魔チャンに悪さをさせないように、とのこと。

〈カッツェンカット〉輝きの蝶は思考で呼びかけた。〈われわれの次の任務はなんです？〉

〈待つがいい。きみは気が短すぎる〉指揮エレメントが警告。〈次の任務があたえられ

る前に、まずは、いまの任務を完遂しろ！>
カッツェンカットは、グルウテの意識からしりぞいた。そのまま、自分の意識を星系に向かわせ、観察する。第二惑星に接近し、大気圏を突破。苦もなく、ジャングルにおおわれた地表に沿って上空を進み、砂漠のような台地とぬかるんだ海を横切る。都市国家ふたつと、規則的間隔で地表に分布する軍事基地を発見した。黄色い恒星光により、すでに遠くから見わけられる。
シムバン星系にはブルー族テントラ人が住む。その宙域は直径およそ二千光年。恒星シムバン自体は、イーストサイド深くに位置する。エレメントの十戒は、まだここまでは進撃していない。
それもいまから変わるだろう！　カッツェンカットはそう考え、都市のひとつに侵入する。フェルト星系での失敗以来、ブルー族の帝国に関するあらゆる情報を入手した。エレメントたちが情報をもたらしたので、いまやブルー族のあらゆる部族名を知っている。アパソス人、グルスュイ人、ウェドン人など、まだなじみのない部族名をあげてみた。最近のいやな記憶にのこる部族名は無視する。プリイルト星系のハネ人や、ヴリジン星系のカルル人の名は、しばし忘れることにした。ガタス人とGAVÖKの連合部隊にフェルト星系で敗北したことも、記憶から追いだす。すでに勝利を手にしたと思ったとき、棺桶星系の空間硬直が進んだために、退散と計画断念を余儀なくされたのだ。すべてのエレメントを救いだし、安全なところに避難させなければならなかった。おのれの退路を確保するには、暗黒エレメントを投入するしかなかった。

　カッツェンカットの意識はロースト という名の惑星をはなれると、宇宙空間にもどり、空間エレメントがちょうど球型船を破壊するところを見守った。ヂャンを宿していないグルウテ数体が、集められるかぎりのエネルギーを集めている。技術エレメントのつくった、じつは有機ロボットにすぎない合成生物たちは、GAVÖK船に突進した。防御バリアのすぐ近くで、ビーム兵器からのエネルギーを体内にとりこむ。これによりエネルギー貯蔵バンクが過負荷となり、グルウテは爆発。解放されたエネルギーの勢いで、防御バリアが薄いプラスティック膜のごとく破裂した。球型船は砕け散る。

　ほんの数秒間の出来ごとだった。爆発がすべての物質をたいらげ、グルウテは消滅する。ただし、船とその乗員も同じ運命だ。

「この星系にとどまるのだ！」指揮エレメントがグルウテに命じる。「どこかで船一隻を征服し、ヂャンが乗りこむことができるようにせよ。精神エレメントには、惑星ローストに混乱をもたらしてもらう！」

　空間エレメントは従順に計画の実行にとりかかる。円盤艦が数隻やってきた。球型船のシュプールはおろか、グルウテにさえ気がつかない。空間エレメントがリニア空間からすぐ近くに出現し、防御バリアを作動停止させて、はじめて気づいたようだ。だが、そのときはすでに精神エレメントが艦二隻の外殻にとりついていた。グルウテのほうは、さらに艦をわずらわすことなく退却する。

カッツェンカットも姿を消した。指揮エレメントは、その意識をゼロ夢のなかでさらに進め、べつの宙域をめざした。

＊

ブルー族のマヒトは、高いドーム屋根の円形建物に足を踏み入れた。後方の目で最後に恒星パールを一瞥（いちべつ）する。正午のこと。恒星は大きな赤いボールのように空にかかる。アパソス人の中心世界である第四惑星アパスは天気に恵まれていた。ここにはあらゆる通商関係施設が集まり、ブルー族の政治中心地でもある。

後方の目がまだ恒星の燃える光にさらされているあいだ、前方の一対の目はすでに、建物の通廊をつつむ薄明かりに慣れた。マヒトはドアをうしろ手で閉め、通廊を進む。

この天気と雰囲気は、最近アパスに到着したニュースと完全に矛盾する。マヒトは疑問に思った。報道されたことはすべて正しいのだろうか。どうにも信じがたい。きっと、情報をもたらしたガタス人が誇張したにちがいない。ハイパーカムでたずねてみても、つねに同じ回答だった。

エレメントの十戒が、ブルー族の帝国に手を伸ばしたというのだ。全惑星に常時、警報段階一が適用されることになった。

アパスも警報段階にある。とはいえ、マヒトにはまだほとんど実感がない。毎日、製造施設まで働きに出かけ、マシンを点検している。ときおり、ロボットを交換する必要があるが、たいした問題ではない。この点検作業もまたコンピュータの副システムによって、たえずクロスチェックされる。欠陥があれば、すぐに除去できるように。

マヒトは制御コンピュータをチェックし、ときおり清掃ロボットをたのんで埃をはらい、長いモニター壁のスクリーンに静電気防止スプレーを吹きかける。ほかには、たいしてすることがない。

退屈な作業だが、まったくなにもないよりもましだ。マヒトの思いはすでにふたたび家族のもとにあった。交代までの五時間は比較的あっという間だし、自分ひとりきりではなく、四人で同じ作業にあたっている。円形建物の中央に四角形の組立ホールがあり、その一辺をそれぞれが担当するのだ。いつだったか、欠陥製品のテーブルと椅子をここに運びこんでおいた。のちにはソファまで。ほとんどの時間これに腰かけ、アパスでもっとも一般的なカードゲーム、ギャプギュイに興じている。

マヒトが通廊のはずれに達したとき、ブルー族のスルファニイが反対側から近づいてきた。かれは挨拶すると、開けたドアをマヒトにゆだねた。さらにひと言もかわすことなく、出口に向かって遠ざかっていく。マヒトは不機嫌にそのうしろ姿を見送った。前方の目一対はすでに組立ホールに注がれている。そこではロボットが宇宙船の一部を組み立てていた。これが、実際にいま警報段階にあることの唯一の徴候だろう。ここではもうはるか昔から、宇宙船の部品が組み立てられることはなかったのだから。

マヒトは、まだスルファニイのうしろ姿を見送っていた。すると、ぐふふという笑い声が聞こえたような気がした。だが、これが同僚の口から発せられたものであるはずがない。それほど異質で異常な響きだ。

マヒトは首をかしげながら、ホールに足を踏み入れる。ドアが背後で滑るように閉じた。いっしょに作業する者たちと挨拶をかわす。全員がきょうは自分より早くきていたので、驚いた。

「なにがあった？」と、たずねてみる。「ここはなにかおかしいぞ！」

ヘイデネイがよろめきながら近づき、長い腕でマヒトを抱きしめた。しゃくりあげながら、超音波域で一連の言葉を発する。それは、マヒトが自分の正気を疑うような内容だった。

「幽霊が出た！」ヘイデネイは金切り声をあげた。「すべてがそれを証明している。この施設は、どうもようすがおかしい」

「フ＝イルト・ジュルフィは、なんといっている？」マヒトの目が、監視カメラのレンズを追った。このカメラが建物の最上層階に映像を送り、そこで施設内のプログラミングに関する調整がはかられ、意思決定がくだるのだ。フ＝イルト・ジュルフィは施設長である。

「笑い飛ばしたよ！」ゴリファングが叫び、大股で近づいてくる。「徹底的に」

ふたたび、マヒトはくすくす笑いが聞こえたような気がした。ブルー族三名は、まるでなにかを探すかのように、こうべをめぐらせた。

「聞こえたか？」ヘイデネイが金切り声をあげる。「幽霊はそこにいる。われわれのまわりのいたるところに。頭が変になりそうだ！」

「聞こえたとも！」マヒトは苦労して平静さをたもつ。「どこからきたのだろう？」

その首が、突然こわばった。あっけにとられて、一ロボットのようすをいっしんに目で追う。そのロボットは作業に背を向けると、べつの一体を踏みつけ、床に投げとばした。ぶつかる音がする。すると、四人めの作業員ディイルトがこぶしで手あたりしだいに警報ボタンをたたいた。警報が響きわたり、ホールが騒音で満たされる。

ロボット二体ははげしく殴りあい、ほかのマシンもこれにくわわった。カメラわきのライトが点灯し、警備隊が組立ホールに向かっているのがわかる。

ロボットは姿を変え、太い丸太のような腕とどっしりした脚を持つ不格好な巨漢に変身した。巨漢は動きはじめ、施設内を手探りするように進む。すでに、すべてのロボットが作業を放棄し、たがいに破壊しあい、行く手を阻むものすべてを粉々にしていた。

テーブルも椅子も踏みつけられて砕ける。ソファもまた、ロボットの変形したボディがその上に乗ったため、ばらばらに壊れた。

ブルー族四名は震えながら出口まで逃げた。ふたたび、くすくす笑いが聞こえる。悪意のある攻撃的な笑い声だ。

「頭が混乱する」マヒトがつっかえながらいう。「なにかが、われわれに影響をあたえているのだ！」

外から足を踏み鳴らす音が聞こえた。警備隊が到着したのだ。ドアがわきにスライドして開き、銃をかまえたブルー族が組立ホールに突撃してきた。

ほとんど同時に、ちいさな銀色に輝く構造物が次々と壁の張りだしから落ちて、警備隊員にしがみついた。表面はハチの巣のような構造で、握りこぶしほどの大きさの胴体から短い十二本の肢が突きだしている。

マヒトは思った。どこかで、この構造体を見たことがある。ニュース番組のひとつ、ツュリュトからのニュースで。

戦争エレメントだ！　叫び声をあげ、あとずさりする。すると、背後から接近してきた不格好な巨体にぶつかった。

警備隊員たちは、しばらく立ちつくしたままだった。やがてふたたび動きはじめると、ブルー族四名をとりかこみ、武器で脅してくる。

マヒトが目で追ううちに突然、銀色の構造物のうち四体が分裂し、たちまちもとの大きさにまで成長した。いずれも一体は警備隊員の肩にしがみついたままだが、ほかのはその腕を伝いおり、手に到達する。その手がマヒトの肩に伸びてきた。

マヒトはそこに立ったまま、動かなかった。恐怖に手足すべてが麻痺する。アパスに戦争エレメントが出現したのだ。ただちに通報しなければ。このエレメントは……

一瞬、意識が遠のいた。ひょっとしたら、ただの思いこみかもしれない。思考のなかに言葉が押しよせてくる……しずかな、危険なささやきが。前に聞いたくすくす笑いとはまったく異なるもの。それはマヒトの意識深くに入りこみ、完全に満たした。

〈戦争は、あらゆるものの父祖。きみもまた戦士である。エレメントの十戒がふさわしい勝利を得るのを手助けするために、なんでもせよ！　きみはマヒト、アパソス人のもっとも勇敢な戦士だ！〉

「そうだ」マヒトはささやいて、姿勢を正す。そのかたわら、だれかが手にブラスターを押しつけるのを感じた。突然、自分とほかの全員がなにをすべきかを知る。アパスを征服しなければならない。さらに、同胞種族のほかの全惑星を。なによりもまず、第六惑星コーンラの基地を。

かれは機械のように衛兵部隊にくわわり、あとにつづいた。肩に乗る構造体がささやきつづけ、指示をあたえる。ブルー族の帝国は、破滅をもたらすあらゆる勢力……無限アルマダおよびGAVÖK、そしてテラナーとポスビ……に対する砦にならなければならない、と。

マヒトの背後で、マシンがいくつか崩壊した。不格好な塊りと化し、床のあちらこちらをはねまわり、ときおりブルー族の姿に変わる。

かれは知っていた。あれはヂャン……精神エレメントだ。ヂャンは生命を持たない物体に入りこみ、ありとあらゆるいたずらをする。ブルー族は円形建物をはなれ、調整チームのメンバーに合流すると、通りを進んだ。そのとき、製造所ビルが崩壊した。あとにのこるのは瓦礫ばかり。それらがあちこちに散乱したため、そばを飛ぶグライダーがただちに回避しはじめた。

戦争エレメントは別々の方向に向かう。マヒトの部隊はもよりの建物に侵攻した。建物はたちまち屋根を失う。それは帆のように滑り落ち、通りで粉々になった。

都市の上空で、カッツェンカットがこのようすを見守っていた。ここでも満足のいく展開になるにちがいない。この事件のニュースは、まもなくイーストサイドじゅうにひろまるだろう。そうすれば、防衛にあたる連合部隊の力は分散され、弱まる。いよいよ、時が訪れるだろう。

カッツェンカットは夢のなかで行動し、星系を次々と訪ねまわった。時間エレメントと超越エレメントは投入しない。それらはつねに知性体の制御を必要とするから。超越エレメントを操るのは知性を持つほかのエレメントだし、時間エレメントにはカッツェンカット自身の介入が必要だ。いまは、両エレメントを監督する時間はなかった。

暗黒エレメントについては考えるまでもない。これを投入するには、あまりに多くの力が必要だから。いまは、その力をほかの用途にとっておきたい。それに、かれはこのエレメントを完全には支配できないのだ。いつの日か、自分自身も食いつくされるのではないかと危惧している。それゆえ、この強力兵器はめったに投入しない。それにより、敵に有利に働くのは承知のうえだが。

まだ、仮面エレメントがのこっている。カッツェンカットは、これを惑星の工業センターと艦隊基地に送りこんだ。これにより、宇宙ステーションと重要な供給施設が機能停止におちいり、混乱を巻き起こす。だれも相手を信用せず、宇宙船どうしや部隊どうしが戦いはじめたのだ。全員が仮面エレメントの構成要素を宿すため、味方がたがいに攻撃しあっている。

これらすべてをカッツェンカットはゼロ夢のなかで見守り、満足をおぼえつつ、おのれの帰還を待つ肉体のもとにもどる。それは《理性の優位》内で眠りについていた。

＊

指揮エレメントはゼロ夢から目ざめるたびに、消耗していた。今回の夢では、はるか銀河イーストサイドをめぐり、多くの力を必要としたもの。

目を閉じたまま横たわり、肉体をかこむ船に思考インパルスを送った。フォーム・エネルギーからなる手が形成され、グリーンのベッドの上のサーレンゴルト人をマッサージする。真っ白で華奢なからだ、短い脚、床までとどく長すぎる腕。カッツェンカットはけっして美しい生物ではない。それにくわえ、頭はたいらで無毛、へりがまるくなった白い煉瓦を思わせる。胴体の上には軟骨からなる頸二本があり、その上に鎮座する頭部は赤い斑点におおわれていた。この色素センサーが外界の刺激を受けとめ、視覚・聴覚・嗅覚中枢に送るのだ。音声によるコンタクトは、一本の細い軟骨によってふたつに分かれる、唇のない口を使う。

しばらくして、指揮エレメントは目を開けた。同時に、聴覚器官も目をさます。フォーム・エネルギー製のグリーンの船内はしずかだ。船は、十戒の全エレメントと同様、自分の指示に反応する。《理性の優位》は、十戒に属するものではないが、いわばカッツェンカットのたしかな構成要素なのだ。旅に出て、その目的地で肉体のあるほうが有利に働くときは、つねに円錐形のフォーム・エネルギー船を利用する。

「あなたを連れもどしたのはわたしです」船載コンピュータの声が響いた。「すべての指示は実行されました。技術エレメントは第三攻撃を開始し、あなたの到着を待っています！」

カッツェンカットはからだを起こした。ゼロ夢の労苦にそなえて神経を反応させた炎は、すぐに消えていた。目前に迫る任務に神経を集中させる。指揮エレメントは脚の横で腕を床にだらりとさげ、立ちつくした。背後で、フォーム・エネルギー製のベッドが消えた。一方、目の前の壁が透明となり、スクリーンの役割をはたす。

「それはよかった」カッツェンカットが甲高い、ほとんど子供のような声で応じる。「アニン・アンがどのような成果をあげたのか、見てみよう！」

《理性の優位》が動きだし、まもなく超空間にうつるのを見守った。船は銀河間の空虚空間に位置する宙域に向かう。そこで技術エレメントの《マシン》が自分を待っているのだ。

フェルト星系に対する第一攻撃が失敗に終わったいま、第三攻撃はとにかく成功させなければならない。イーストサイドの混乱はすでに、本来の舞台における出来ごとから注意をそらすには、充分に大きくなった。GAVÖKとその連合部隊はなにも気づかないだろう。気づいたとしても手遅れだ。それまでに、罠は完成するのだから。

「第二攻撃も好調です」船載コンピュータがさらに報告する。「ムリルの武器商人は、計画どおりスケジュールを守れると楽観しているようです！」

「それはよかった」カッツェンカットがふたたび応じた。頭部の色素センサーが確信でオレンジ色に輝きはじめる。一歩前に踏みだし、暗黒の虚無がうつるスクリーンを見つめた。ふたたび暗黒エレメントを思いだす。すると、斑点の輝きが失せた。《マシン八》が待っている。これは、自分を前進させる次のステップ以外の何物でもない。

第三攻撃は、敵がなにも気づいたり察したりしないまま、進んでいた。通常空間の星々がスクリーンにうつしだされ、装置が技術エレメントの《マシン》を探知。この瞬間、二百の太陽の星への攻撃がはじまった。

3

チョルト地表は真っ暗だった。施設の最後の位置灯がたったいま消えたのだ。そうすることで、空虚空間にあるこの基地が発見を逃れられると考えたかのように。ところが、理由はべつにあった。

チョルトが照明を落としたのは、迫りくる危険の防衛に必要なエネルギーを集めるため。そこに住まい、行動する全員にとり、空虚空間はますます危険な罠と化していた。初期の種族が最初に宇宙への冒険にくりだしたとき、頭からはなれなかった懸念事項の数々が、いまあらたな全盛期を迎えたのだ。

惑星外に存在するものはすべて死をもたらす。空虚空間は、生物の生活圏としてはふさわしくない。

トルムセン・ヴァリーは惑星表面に立ち、軽蔑するように唇をゆがめた。直径八千五百四十五キロメートルの惑星は、この体重一トンのエルトルス人の手にゆだねられている。力強く地面を蹴って跳びあがり、高さ十五メートルに到達。〇・八Gという、この男にとってはわずかな重力と、マイクロ重力発生装置のおかげだ。

以前のチョルトは、すくなくともデータバンクの記録によれば、いまとは違っていた。豊かな重金属鉱脈に目をつけたポスビは、早くからチョルトを掘り崩すことに着手したもの。一方、惑星はつねに整備された施設として、ポスビ製造センターの役割をはたしている。

破壊された惑星メカニカのりっぱな後継だ。トルムセン・ヴァリーはそう思い、さらにジャンプした。もっとも高い貨物塔の先端に到達。そこは、金属で補強された地表から三十メートルの高さで、数キロメートル先まで見晴らしがきく。

チョルトには動きがまったくないように見える。だがヴァリーは、その印象が見せかけだと知っていた。携帯可能な探知装置があればいつでも確信できるだろうが、チョルトには生体ポジトロン・ロボットすなわちポスビがうようよいるのだ。ロボットはしずかにふるまい、どの施設もエネルギーを消費しないように気を配っている。

ヴァリーは遠くに〝徒党〟の姿を見つけた。自分が指揮をとるGAVÖK部隊の中心グループで、七隻の艦船からなる。自船《ジャイアント》、トプシダーの重巡洋艦《クルクスク》と《ガルケン》、スプリンガーの転子状船《クエルメンソル》、ブルー族の大型艦《イツィ・デュユル》と《ニルミト・ヴァイ》、そしてアコン人の軽巡洋艦《アノン＝ホット》だ。この小集団が基地惑星のひろい着陸床で出動を待っている。

「まもなくだ！」トルムセン・ヴァリーはささやき、宇宙服の酸素供給を調整した。背中のタンクはほとんど空なので、ただちに地下にもどらなくてはならない。

だが《ジャイアント》の船長は、まだためらっていた。必要とあれば、自分の肺は空気がなくても四分はもつだろう。通りぬけてきたエアロックにもどるには、それで充分だ。

ヴァリーは頭をそらし、空を見あげた。地表の光が乏しいおかげで、銀河系辺縁部の空虚空間を曇りなく見わたせる。故郷銀河のレンズがまるで宝石のように、見通しのきかない暗闇のなかに浮かんでいた。

とはいえ、ここ数週間というもの、銀河間の空虚空間はそのコントラストを失ってしまった。冷気エレメントの雲が、さらにひろがっているから。

ヴァリーは、冷気エレメントについて知りえたことを思い起こした。アインシュタイン宇宙におけるよりも絶対零度がはるかに低い異宇宙から、それは影響をおよぼすという。冷気エレメントに襲われたものは凍りつき、摂氏マイナス二百七十三・一五度に達したのち、通常宇宙から消えてしまう。通常宇宙よりも規模の大きな、いわゆる〝マイナス宇宙〟に移動するのだ。

このようにして、冷気エレメントはすでに空虚空間の三基地をのみこんだ。ブルー艦数隻もその犠牲となった。そのほかにも、数は不明ながら、船長の好奇心ゆえに死に向かって飛ぶことになった宇宙船があるのは確実だ。

トルムセン・ヴァリーは銀河イーストサイドの方向に視線をうつした。数十億の光点が輝き、拡散した雲となって空虚空間にかかっている。ここ数日間で、雲がますます大きくなった。冷気エレメントが絶え間なく基地惑星チョルトに近づいてくる。距離は、せいぜい二光日といったところか。

きらめく光点が目に痛い。それは、銀河系にあるような星々の光ではない。銀河系の星々は見る者をおちつかせ、長いあいだ見つめているとメランコリックな気分になる。宇宙とその被造物の大きさがぼんやりとわかるような気がするから。一方、こちらは冷たく、見る者の心をかき乱し、身震いさせるような光だ。

あと一日、ひょっとしたら一日半で、チョルトは手遅れとなる。しかし《ジャイアント》船長には、冷気エレメントの進撃をすくなくとも短期間、阻止できる計画があった。

エルトルス人のなかでも巨体のヴァリーは、突然、目を細めた。きらめく光に目をおおわれ、まばたきする。それから、大きくジャンプし、貨物塔からエアロックに向かった。同時に、最小出力に調整ずみの通信機のスイッチを入れると、大声で叫んだ。

「ヴァリーから主制御プラズマに告ぐ。エレメントの攻撃だ！」

ホースのように宇宙空間遠くまで伸びたきらめく雲の外に、冷気エレメントのほんの一部が実体化したのだ。このミニ雲は、はるかにチョルトに接近している。ヴァリーの推定では、最大でも一光時といったところか。つまり、まもなくエレメントが直接チョルト上空に出現するということ。

エアロックに跳びこみ、転送ステーションに向かって急ぐあいだ、〝徒党〟の指揮官たちに連絡をとった。緊急発進を告げ、のこるGAVÖK部隊の艦船をほんのすこしチョルトから遠ざけるように命じる。ポスビの宇宙船に場所をあけるためだ。フラグメント船は昆虫の群れのように、基地惑星周辺の虚無から地表になだれこみ、避難活動を開始する。

もっとも重要なものを救わなければならない。ヴァリーが考えたのは、ドームの主制御プラズマとマット・ウィリー、そしてポスビ自身のことだ。だが、フランクリン・デミルのことも頭に浮かぶ。どこかそのあたりの下にもぐり、自分の命が危険だとも知らずに学習に熱中していることだろう。

《ジャイアント》船長はポスビ一体に遭遇した。身長一メートルにも満たない小型ロボットで、把握用と歩行用の触手四本がついた箱四つを組みあわせたかたちだ。

「クリュッツェルに知らせてくれ」と、ポスビに命じる。「なにがあってもデミルのことを忘れてはならない、と!」

ポスビは走り去った。トルムセン・ヴァリーはちいさな転送機室に入り、転送先を自分の宇宙船に設定。燃えるアーチが出現すると、転送フィールドに跳びこむ。

転送プロセスがはじまった。

＊

「主制御プラズマを助けて！」

通信回線に、このメッセージがいきなりあふれた。ポジトロニクスは自動的にほかのすべての通信を抑制する。避難計画がはじまったのだ。どのロボットも、なにをすべきか、把握していた。機能するポスビ八十万体のうち、半数がこの命令を実行する。さらに、十万体が製造装置の最重要部分の安全を確保。これにはとりわけ、すでにプラズマの一部を移植された半完成品のロボットがあたる。のこりのロボットは、チョルトにいる知性体の面倒を見た。もちろん、そのほとんどがマット・ウィリーだ。

そんななか、たった一体のロボットが、フランクリン・デミルに対する慎重で細心な呼びかけをおこなっていた。だがそれは、ひたすら流れる最優先メッセージによってかき消され、だれにもとどかないままだった。

「主制御プラズマを助けて！」

チョルトのすべてが動きだした。たったいままではてしない沈黙が支配していた基地惑星に、かつて経験したことのないあわただしさが生じる。どのロボットも、なにかを守ろうとした……たとえ、それがただの消火器であろうと。危険な徴候を認識した瞬間のパニックで、一部のロボットのプラズマ部分が制御不能におちいる。ポジトロニクスは次々と矛盾する命令を発し、もはや合理的に反応できなくなった高性能ボディが転倒する。

助けてという主制御プラズマの要請が、さらにはげしく飛びかった。

すでに冷気エレメントがチョルトに到達し、奇襲をかけてきた。地上および地下施設のさまざまな場所が、最初の冷気ゾーンと化す。それらは温度分布図上の染みのようで、さしあたりはなんの意味もなさない。無差別に出現し、害をおよぼす作業を開始するかに見える。極寒はまず、惑星のマシンと施設を襲った。既存の呼吸可能な空気が液化し、蒸気が凍って降りそそぐ。のちには、ほかの空気混合ガスも凝固しはじめた。

最初の金属部品が変形し、あるいは亀裂が生じる。襲撃されたセクターにいたポスビの運動器官が故障した。そのうちの数体はもう逃げられない。動くことができないまま立ちつくすか、横たわったまま外殻に亀裂が生じ、ほかの装置もろとも破裂する。死にゆくプラズマに対し、ポジトロニクスが最後のあがきを試みた。最終インパルスをプラズマの保護に向ける。だがとうとう、ロボットの内部エネルギー供給装置が爆発し、プラズマは死んだ。二百の太陽の星のプラズマには高温と均等な熱が必要なのだ。それは金属より早く凍りつき、砕け散る。微細な結晶がいたるところに降りそそいだ。

チョルトの通信回線を通じ、嘆きの声が伝わってきた。ポスビたちが仲間の死を悼んでいるのだ。プラズマ・パーツの最後のため息が、ポジトロニクスによってはなたれた。主制御プラズマはますますパニック状態におちいる。おちつかせようとするトルムセン・ヴァリーの呼びかけも役にたたない。

ポスビのなかに、とりわけ目を引く一体がいた。ずいぶんと急いでいるようだ。異常をきたしたかのように、施設内を駆けずりまわっている。対象物の安全をひとつも確保せず、地表あるいはフラグメント船の待つ格納庫に向かう道もとらずに、ますますチョルト深部に向かっていく。エルトルス人に課せられた任務で頭のなかがいっぱいなのだ。知性体の命がかかっている。ポスビはポジトロン性の理由から、この任務を自分自身の存在よりも優先し、プラズマ部分がこれを支持した。このポスビにとり、目標はひとつだけ。クリュッツェルを見つけなければならない。通信回線がもはや捜索アナウンスに適さない以上、箱形ロボットはみずからの知識にたよるほかなかった。クリュッツェルがどこで作業しているかは、およそ知っている。

それゆえ、ポスビはチョルトの深部に向かったのだ。恒星もない空虚空間の中央に浮かぶ暗黒惑星の、助かる見こみがある地表から、ますますはなれていく。冷気エレメントの染みひとつひとつが、まるで号令にしたがったかのように放射状に伸び、結合しようとしているのにも気づかない。惑星が中心から分断されるまで、そう長くかからないだろう。

緊急通信は相いかわらず優勢だった。

「主制御プラズマを助けて！」

ポスビは立ちどまり、それ以上動かない。プラズマが不安定になり、ヴァリーの命令を実行しようとするポジトロニクスと、体内で争いはじめたのだ。プラズマは、引き返してまずは中央ユニットを救いたいと主張する。

だが驚いたことに、ポジトロニクスが優位をたもった。ロボットはふたたび、いつたどりつけるのかわからないゴールに向かって動きはじめる。

＊

かれらが助かったのは、そもそもマット・ウィリー仲間のおかげだった。ポスビに助けられたわけではない。一体が動物に姿を変えて弾丸のように惑星を駆けぬけ、マイクロ・エレクトロン技術者ステーションに到達したのが決定的といえよう。そのマット・ウィリーの報告によれば、冷気ゾーンが主制御プラズマに対する攻撃を開始し、施設中枢を封鎖したという。

すぐにマット・ウィリーたちは作業を中断し、仲間について外に出ると、地表に向かって急いだ。あわててスイッチを切ったため、装置がショートし、背後で大きな音をたてたが、いまはどうでもいいこと。かつてアンドロメダ星雲からやってきた最後の被造物も、ただ自分の命が助かることが重要だと理解していた。

途中、マット・ウィリー一行は道に迷った一ポスビに遭遇。行く手をふさがれそうになるが、からだを薄くのばし、ポスビの脚のあいだを通りぬけた。ポスビは触手を使ってぐるぐるまわりはじめ、不明瞭ながらがら声で何度も一マット・ウィリーの名前を発する。それを聞いてウィリーの一体が引き返し、ロボットのそばで立ちどまった。

「クリュッツェルはわたしですが、なんの用です？」と、ぴいぴい声で告げる。

ポスビはあわてて動きすぎ、あやうくマット・ウィリーに激突しそうになった。つっかえながらも命令を伝える。クリュッツェルはからだを起こすと、ポスビの姿をとり、「デミルが？」と、甲高い声をあげた。「そんなことがあってはなりません！」

仲間にもかまわず、ステーションに向かって引き返す。一方、ポスビはいまきた道をもどった。任務を遂げたのだ。

クリュッツェルは、ヒュプノ室に急いで向かった。フランクリン・デミルがどこかにいるとすれば、そこしかありえない。この数カ月というもの、シガ星人のポジトロニクス技師は、ポスビの精神に深く入りこもうと、あるプログラムに熱中していたから。目的を達成するためなら、すべてを犠牲にしてもかまわないという考えにとりつかれていた。いまのところ成果はまったくなかったが、まだ準備段階なのだと、かたくなに主張したもの。

マット・ウィリーは、突然、壁から押しよせてくる冷気につつまれるのを感じた。さらに進もうと急いだが、冷気ゾーンはその放射をいたるところに送りこんでくる。中枢部を完全に包囲するのも、あと数分の問題だろう。

クリュッツェルはヒュプノ室に到着し、時代遅れのメカ性ドアを長い疑似脚でこじ開けた。ポスビ基地におけるすべてが最先端技術というわけではないのだ。ヒュプノ装置もまた、改良の余地がある。

ドアを開けたことで吸引力が生じたかのごとく、マット・ウィリーは背後から冷気の波に襲われ、ほとんど床に倒れそうになった。からだをたいらにし、短足で這うように先へ進む。次々と、実験室を探しまわってようやく、フランクリン・デミルを見つけた。ヒュプノ装置の端末の下でじっとしている。

クリュッツェルは長い有柄眼で一瞥し、その装置のスイッチが十五分後にやっと切れるとわかった。それほど長く待ってはいられない。凍てつく冷気がヒュプノ室を突き進み、マット・ウィリーがいまやってきた通廊に金属音が響いている。

マット・ウィリーは腕と手をのばし、ヒュプノ装置の制御盤を操作した。装置が停止し、利用者がその呪縛からゆっくりと解放されるのを見守る。解放プロセスがほとんど完了しないうちに、クリュッツェルはデミルを椅子から引きずりだし、ドアに向かって引っ張った。ポジトロニクス技師はまだ完全にぼうっとし、ほとんど動こうとしない。

凍てつく冷気が両者に襲いかかった。波のように通廊を進み、ヒュプノ室に押しよせる。クリュッツェルは身をかがめ、先を急いだ。冷気を忘れようとするが、うまくいかない。自分を助け、あるいは罠を逃れる道を教えてくれるポスビを一体、呼びよせることさえできたらいいのだが。

次の十字路で、マット・ウィリーはとほうにくれ、立ちどまった。すでに冷えきったからだが、さらなる冷気との戦いを拒む。クリュッツェルは踵を返し、もどろうとした。ところが、すでに冷気に包囲されたとわかる。

それは死刑宣告だった。

「この先、五十メートルのところに」デミルが突然、うめくようにいった。ようやくわれに返ったようだ。「転送機室がある！」

クリュッツェルは、気をとりなおした。からだはすでに思うように動かないが、それでも、引きずるように先へ進む。さらに刺すように強まった冷気が、目の前に壁を築いていた。可能なかぎり、からだをたいらにしたのだが。

どうやってやり遂げたのか、自分でもわからない。ドアがスライドして四分の一ほど開き、きしみ音をたてながらとまった。クリュッツェルはそこにからだを押しこみ、デミルを連れて室内に入る。転送機が見えた。

「まだ機能するといいのですが」金切り声でいい、からだを揺り動かしながら制御コンソールに向かう。ひと目で、古い型式の装置だとわかった。マット・ウィリーのからだは古い転送機をくぐるのに適していない。そのさいに発生する転送痛が、クラゲに似た生物の中枢神経系を麻痺させ、重い障害がのこる恐れがあるのだ。

クリュッツェルは、心に生じた恐怖を振りはらった。天井にならぶスピーカーは、もう主制御プラズマの救援要請を呼びかけない。マット・ウィリーがこわばった疑似脚で転送機をプログラミングするあいだも、背後のドアが恐ろしい金属音をたててはじけとぶ。

転送機は動くだろうか？

ようやく、フィールドが明るくなり、クリュッツェルは苦労してからだを引きずるように進んだ。もうほとんど動けない。聴覚器官が、プログラム・コンソールの砕け散る音をとらえた。

万事休す！　マット・ウィリーは力なく考えた。もう手遅れだ！

フランクリン・デミルは、動かなかった。

＊

トルムセン・ヴァリーが悪態をついた。エネルギーの節約はなんの役にもたたなかったとわかる。まんまと冷気エレメントに出しぬかれたわけだ。敵はＧＡＶÖＫ部隊にかまうことなく、魔の手を惑星内部に送りこんできた。こちらはチョルトをとりかこむように部隊を配置し、この宙域をトランスフォーム砲の連続放射でおおって熱を発生させることで冷気エレメントの気をそらし、時間を稼ごうとしたのだが。そのときには、あるいはすでにその前から、敵はこちらの虚をつき、チョルト内部に侵入していた。

「ちくしょう、なんてことだ」ヴァリーがうなった。「敵は思考を読めないはずだが、そうではないのか？」

　基地惑星からかなりの数のフラグメント船が次々と飛びたち、あいている宙域を確保しようと試みる。かれらとのあいだで通信がかわされた。避難活動は進んでいる。とはいえ、いまだ主制御プラズマの訴えるような呼びかけが、GAVÖK船まで届いていた。

「これは、ただごとではないぞ、トルムセン！」球型船《ネスヴァアビア》の船長グンナー・ヘルトが連絡をよこした。この男もエルトルス人だ。「われわれのチャンスはまもなくゼロになる。まだ時間があるうちに、後退しよう」

　トプシダー艦の艦長、チルズ＝ロルとナネク＝ヴォルシェンの二名も通信にくわわり、すかさずヘルトを援護する。

「〝徒党〟だけでは戦闘力は充分ではない。ポスビと協力すれば、ひょっとしたら……」

　ヴァリーは、淡紅色の肌にはっきりと目立つ青い髷（まげ）を振った。この点に関しては、ポスビと話してもしかたがない。かれらにとっては、すべてがプラズマとマット・ウィリーを中心にまわるのだから。

《ジャイアント》船長はおちつきなく動いた。待機するしかないことが、この男の心をも揺さぶっているのだ。

冷気エレメントが、さらにチョルトをおおっていく。スクリーンにそのようすがうつしだされた。きらめく雲が出現し、惑星をとりかこむ。反応が遅すぎたポスビ船のいくつかが、そのなかに沈んだ。三十秒も経過しないうちに、船ははげしく冷却され、操縦不能におちいる。身動きがとれないまま、まもなく絶対零度に到達。すると、まるでこれまで存在すらしなかったかのように、通常宇宙から消えた。

「どれくらい、われわれは後退できるのか？」ヴァリーがたずねた。「つまり、搭載砲でまだ惑星付近を狙うには？」

「二百万キロメートルが限界です」シデルギト・マンチェンが応じた。美しい女エルトルス人だ。身長二・六メートル、肩幅二メートル、体重七百キログラムほどか。状況が違ったなら、ヴァリーは、背中の豊かなポニーテールにつづくその砂色の鬣を魅力的に……エルトルス人にとっては、という意味だが……感じただろう。だが、いまの状況では、女副長の魅力に目を奪われることはない。

「退却！」船長は命じた。内心、煮えくりかえる思いだ。この作戦は自分の考えに相反するもの。とはいえ、部隊の安全を最優先しなければ。冷気エレメントに対しては、手の打ちようがない。

フラグメント船三十隻からなる船団が、チョルトを飛びたった。冷気の雲を迂回し、空虚空間に向かって流されていく。歓喜のメッセージが《ジャイアント》にとどいた。主制御プラズマのプラズマ・ブロックの安全を確保し、もっとも貴重な工業施設の一部を避難させることに、ポスビが成功したのだ。マット・ウィリーもほぼ全員が船内にいるとのこと。ただし、一体だけをのぞいて。そのほか、まだ地表や地表近くにのこっているポスビがいるという。

「おやおや」と、ヴァリー。これは考えてもみなかった。

そのとき、冷気エレメントがふたたび攻撃を開始する。チョルト中心部から外に出てきた者はたちまち、惑星をかこむ雲に吸収された。チョルトは冷気エレメントにつつまれ、地表のポスビとフラグメント船にチャンスはもうない。冷気エレメントによって地表に拘束されたのだ。

このとき、《ジャイアント》司令室の転送機がきらめき、塊りのような物体が転がり落ちた。おぼろげにマット・ウィリーを彷彿させる。トルムセン・ヴァリーが驚いて振り向き、

「クリュッツェル！」と、うめき声をあげた。身じろぎもしない生物のそばに駆けつけ、抱きあげる。まるで凍りついたように冷たい。「急げ！　医療ロボットだ！」

船長の声がとどろいた。マット・ウィリーが医療ステーションに運ばれ、温かい滋養浴用バスタブに横たえられる。凍ったからだの硬直がゆっくりとほぐれ、クリュッツェルが反応を見せた。目をひとつだけ伸ばし、トルムセン・ヴァリーを見つめる。からだの襞のひとつをひろげ、ちいさなおや指大の物体を出した。それがバスタブの表面を滑り、お湯を吹きだすと、

「ここから出してくれ。やけどするじゃないか！」ほとんど聞きとれないほどのささやき声がした。トルムセンの笑い声が響く。ちいさな〝物体〟を引きあげ、

「ハロー、フランクリン・デミル」と、ささやきかけた。「生きているか？」

ヴァリーはシガ星人とともに司令室にもどった。部隊はすでに隊列をととのえている。現状ではもう、すべきことは多くなさそうだが。

「ポスビに告ぐ！」船長が通信で呼びかけた。「チョルトにのこっていた仲間はどうなったのか？」

「救いがたい状態でした」と、返答がある。「その死に哀悼の意を表します。かれらのプラズマは死にました。恐ろしい！」

奇妙なことだ。ヴァリーは思った。この会話がロボットについての話だとは思えない。

「退却する！」そう決意した。「GAVÖK部隊に告ぐ！　二光日以上のリニア飛行開始！」命じたのはたったこれだけだが、いまはそれで充分だ。

部隊の船が加速し、一連のフラグメント船もこれにつづいた。リニア空間にもぐると、安全距離を確保したポイントでふたたび浮上する。

チョルトは崩壊の道をたどっていた。いたるところで温度が急降下し、惑星表面が部分ごとにはじけとび、惑星内部では地響きが聞こえる。やがて、決定的瞬間に達した。マイナス宇宙に消えたのだ。そのさい、惑星は強力な吸引力を発生させ、まだ充分にはなれていないフラグメント船数隻がさらわれてしまう。暗黒惑星がこれまで存在していたポイントには、凍てつき、きらめくゾーンがひろがった。それもたちまち、冷気エレメントののこりの領域に統合される。

GAVÖK部隊とフラグメント船の合同チームは撤退し、あらたな航程をプログラミングした。ゴールは一万二千光年はなれた二百の太陽の星だ。

長旅だと、ヴァリーは思った。だが、エレメントはそこにもまた到達するだろう。

部隊がリニア空間にもぐる直前、《ジャイアント》とほかの船の探知装置が警報を発した。およそ十光年はなれたポイントで、複数の五次元ショックを計測したのだ。ヴァリーはこれを重視した。見おぼえがあるような気がする。フェルト星系をめぐる戦いのさい、技術エレメントの巨大船について集められた計測結果に似ていた。

これが手がかりなのか？　突然、トルムセン・ヴァリーは、二百の太陽の星へ急ぎたい気になった。カウントダウン終了を待ち、船が通常空間をはなれ、直後にふたたび実体化するのを見守る。その後すぐに、エルトルス人は医療ステーションにクリュッツェルのようすを見にいった。

マット・ウィリーは、ストレッチャーの上で動かない。医療ロボット二体が世話にあたっている。

「臨終です」ロボットの一体が機械音声で告げた。「寒さと転送痛がひどすぎたのです！」

トルムセン・ヴァリーはこぶしをかたく握りしめ、死んだマット・ウィリーを無言で見おろす。人間の子孫であるかれの目に涙が浮かんだ。

「ちくしょう！」押し殺した声でつぶやく。「敵をこの手で殴りつけてやりたい！」

4

二一一四年にペリー・ローダンが憎悪回路を破壊し、それによりポスビと友好関係を築いてからというもの、二百の太陽の星にはつねに人類の外交代表部がおかれてきた。最初の数百年間は、このポストをおもに太陽系艦隊将校が占めたもの。LFTならびに宇宙ハンザ設立後は、ふたつの組織が交互に担当するようになる。年二回の割合で、代表者が交代した。

ハンザ・スペシャリストのスタリオン・ダヴが二百の太陽の星を訪れて、まだほんの数週間しかたっていない。冷気エレメントの発見直後、レジナルド・ブルからここに送りこまれたのだ。ダヴは人工太陽技師である。当時、お気にいりの活動はしばらくおあずけになりそうだと思っていたところ、銀河系のはずれに向かう途中で、二百の太陽の星をさらなる人工太陽でかこむという任務を命じられたのだ。

この任務を受けなければよかった。なぜ運命はこれほど残酷なのか。よりによって、自分がポスビの中央世界に派遣されるとは!

一方でダウは、ハンザ・スポークスマンを代表するレジナルド・ブルの先見の明に感嘆したもの。この男は冷気エレメントと遭遇し、空虚空間においてそれが拡散するようすを目撃したさい、ただちに二百の太陽の星に思いいたり、人工太陽技師に任務をあたえたのである。

銀河間の空虚空間において、スタリオン・ダウは突然、もっとも必要とされる人物となったわけだ。

ハンザ・スペシャリストはスペース＝ジェットをはなれた。するとたちまち、さまざまなロボットの一団にかこまれる。自分のことを待っていたのだ。熱心な学生グループのように、遠巻きにしている。

「どうしようもない！」うつろな声で告げる。「あきらめるのだ。惑星は救えない。見あげてみろ。二百のちいさな球体は、もうまったく価値がなくなった！」

動揺がポスビにひろがった。支離滅裂で不明瞭な言葉が聞こえる。だれも理性的に反論できないようだ。たちまち、胸のシグナル・ディスクが熱を帯びる。

スタリオン・ダウは、眉間（みけん）にしわをよせた。ほっとしたような笑い声を口から漏らすと、いきなり真剣なようすで、

「わたしがいったことは忘れてくれ」と、告げた。「ただの冗談だ。すべてはうまく運んでいる！」

「おやおや！」生体ポジトロン・ロボットが応じた。「それも信じられませんね。われわれ、あなたの悪ふざけの相手をするためにここに出向いたわけではありませんから、スタリオン・ハンザ！」

「ダヴだ！」ハンザ・スペシャリストが、混乱したポスビを訂正した。「ま、きてくれ。きみたちの任務を説明しよう！」

ポスビたちは特定任務のためにつくられる。それぞれが特化し、完全に同一のロボットが存在することはきわめてまれだ。たとえ同じ機能を満たすとしても、同一ではない。中央プラズマが豊かな想像力で、多様性をもたらすのだ。

スタリオン・ダヴは、前任者からの申し送りを思いだした。ポスビのほとんどが献身的努力により、完全な知性体に見えるようにしているさまは、ほとんど信じがたいくらいだという。これには、親友であるマット・ウィリーもかなりの影響をおよぼしているのだろう。たとえ外見上、大きな相違があるとしても、かれらの有機物質はどうしても親しい者の影響から自由になれないのだ。

「われわれを〝かついだ〟のですね」べつのポスビが確信したようにいい、把握アームの一本を折り曲げてみせた。「腕でこんなふうに！」

「これはジョークだ」ダヴは、ポスビに教えようとむだな試みをする。「もういい！」

実際、またべつのポスビが明るいジョークとハンザ・スペシャリストのブラックユーモアとの違いを強調し、哲学的な訂正をおこなう。ダヴは手を振り、相手の言葉をさえぎった。

ハンザ・スペシャリストは、ロボットのなかから数体を選びだし、監督者に任命する。実験が決定的段階に入ったら、仲間を監督する役目だ。中央プラズマが出した条件をあたえた。ひたすら重要なのは、核融合プラズマを重力ローターに送りこむと同時に、実験装置を宇宙空間に運びだすこと。ダヴはさらなる計測飛行のあと、モルケンシュロト、ギルプ、ハイパーインポトロニクスとの合意にもとづき、本来の太陽リングの外側一万キロメートルのところに複数の人工太陽を設置すると決めていた。

ポスビは撤退し、それぞれの任務に専念した。二百の太陽の星にはわずかな重力ローターしかないから、多くのロボットを投入することはできない。それでも技術的問題がなければ、一昼夜につき三十の人工太陽を設置できるだろう。

のこされた時間は、あまりにすくない。それでも、試みなければ。

スタリオン・ダヴは自分の持ち場にもどった。地下にあるハンザ拠点だ。モルケンシュロトとギルプがすでに待っていた。つづいて一ポスビが到着。かれは〝コーラス〟と呼ばれている。同じく防衛委員会メンバーだ。

ハンザ・スペシャリストは、だれかがあらたに持ちこんだデスクをいぶかしげに一瞥した。これがなんの役にたつというのか。

「ルッセルウッセルはどこだ？」と、たずねる。「マット・ウィリーは、相いかわらずのんびりだな！」

「ここです！」さえずるような声がした。よぶんなデスクから手が生え、上方に伸びる。次の瞬間、デスクが溶けはじめ、やがて直径二メートルのスポンジ状ボールと化す。ダヴは特大クラゲを思いだした。三つの目がこちらを人なつっこい目でじっと見つめる。ハンザ・スペシャリストは、思わずほほえんだ。

「防衛委員会メンバーが全員そろいました」ルッセルウッセルが誇らしげに告げた。

「アジェンダをはじめましょう！」

「まず、わが身分にふさわしい挨拶からはじめてもらいたい！」ギルプが要求する。

「アジェンダなどない！」モルケンシュロトがうなった。「なんのためだ？」

スタリオン・ダヴは顔を真っ赤にした。いまにも爆発しそうだ。苦労してようやく自制し、鼻息荒く応じる。

「ようこそ、外交使節ギルプ！」内心でののしる。その頸をかき切られて死ぬか、冷気エレメントにでもやられてしまえ！

すぐに本題にうつった。

「まだあらたな情報はない」と、告げる。「チョルトがどうなったかは、わからない。ハイパーインポトロニクスは、基地惑星と連絡がとれないのだ。時間がない。人工太陽よくわかっていたが。「輸送を担当しよう」超重族が宣言した。モルケンシュロト、きみはなにをする？」の設置に全力であたらなければ。なにかうまくいかなければ、致死的任務だと
ギルプの首が揺れはじめた。年老いたブルー族は、いま発言するのは自分の沽券にかかわると思っているようだ。ダヴはかれを無視してマット・ウィリーに向きなおる。

「きみには、重力ローターが正確に調整されているか、確認してもらいたい。スタートのさい、振動が生じないように！」

ルッセルウッセルはなにもいわずに、急いで外に出ていく。ハンザ・スペシャリストはコーラスに、船への輸送を監督するように命じた。あとのこる任務はふたつ。ダヴはギルプを見つめ、

「人工太陽の射出と配置は、わたしの任務だ」と、告げた。「そのための人工太陽技師だから。したがって、きみには……」

「総監督か！」ギルプが冷静にいう。「まさに、もっとも重要な役目だな！」

「それは、すでにハイパーインポトロニクスがになっている」ダヴが笑いながら応じた。「きみには、重力ローターの清掃を担当してもらおう。あらたにプラズマを送りこむたび、前もってこれをきれいにしておかなければならないのだ。遅滞しては困るから。状況によっては、重大な結果を招きかねない！」

ハンザ・スペシャリストはそう告げると、踵を返し、言葉を失ったブルー族をひとりのこして急いで部屋を出る。しばらくすると、ギルプがさえずるような怒りの声をあげた。この瞬間、高速船でガタスにもどりたいと、なによりも切望しているだろう。もっとも、その交通手段はもう存在しない。中央プラズマがすでに、宇宙交通を遮断していたから。

二百の太陽の星をかこみ、フラグメント船千隻が位置につく。空虚空間からは、GAVÖK部隊が出現した。指揮官はモルケンシュロトだ。

＊

太陽リングのなかから、二百の太陽の星が威風堂々たる姿をあらわした。広大な森、平野、山々に恵まれた惑星が観察者の目にうつる。その周囲を多くの人工太陽がかこんでいた。緑の平野にグレイ部分が点在する。巨大な複合建築物だ。スタリオン・ダヴは、中央プラズマのドーム、ハイパーインポトロニクスの広大な施設、複数の宇宙港のベトン面、製造施設などを見つめた。地平線に光るのは、ホテル街サンタウンだ。大気圏を通してわずかにゆがんで見える。これは二百の太陽の星における最大複合住居施設を形成し、最先端の高層ビルと広大なバンガロー施設からなる。とはいえ、ロボット文化に役だつものではない。ほかの生物用に、ポスビがわざわざ建設したのだ。

　スタリオン・ダヴは主スクリーンから、ならぶモニターに視線をうつした。球型船の大格納庫が見える。そこには巨大反重力装置の上に複数の重力ローターが浮かび、それらのあいだにハイパーエネルギー性フィールドがある。船のあらゆる装置やコンピュータに影響をあたえるものだ。このフィールド内に、非常に速く回転する球体……あらたな人工太陽があった。装置に衝撃をあたえないようにそっと、船が宇宙空間へと動きだす。速度を落とし、太陽リングの外側ちょうど一万キロメートルのところまでくると、相対的に静止した。

「重力計測！」ハンザ・スペシャリストが告げた。安全な場所から、ルッセルウッセルがデータを送ってくる。モルケンシュロトは、いまだ自船の制御コンソールに詰めていた。まるでコンソールと一体化しているかのようだ。

「射出準備完了！」ダヴがうなずいた。「ギルプはどこにいった？」

　ブルー族が同乗していないことがわかると、ダヴは悪態をつき、

「あの老いぼれ、われわれの時間を奪ったな」と、いった。「着陸後に重力ローターの掃除にとりかかったのでは、時間がかかりすぎる！」

「どうするつもりだ？」モルケンシュロトがたずねた。

「ほかにどうしろというのか？」と、ハンザ・スペシャリスト。「わたしが掃除を引きうけるしかない！」

ダヴはそういうと、超重族が大格納庫のハッチを開く作業を見守った。いま船は、まったく動かずに宇宙に漂う。ささやき声が起こり、司令室全体にひろがった。だれもが期待に満ちて、指揮官を見つめる。モルケンシュロトは一度深呼吸し、

「射出開始」と、ほとんど聞きとれないほど低くささやいた。その目が燃え、スクリーンと制御装置の表示に同時に注がれる。

ゆっくりと、重力ローターをのせた反重力装置が動きはじめた。最初、進行状況はほとんど目に見えないくらいだった。数分の一ミリメートルずつ押しだされていく。ようやくだんだんと、目に見える動きが生じ、プロセスが加速。十五分後、実験装置は船をはなれた。モルケンシュロトの船が難を逃れたということ。これからはすべてポジトロン監視下の遠隔操作によって進む。ポスビさえ、重力ローターには投入されなかった。

スタリオン・ダヴは、実験装置中央の球体を見つめた。見えるのはわずかな部分だけだが、それでも燃えるように輝き、核融合プラズマがどんどん回転しだす。すでに構造体の数値は安定し、充分な重力が発生していた。重力は遠心力と均衡をたもっている。どうやら、人工太陽はうまく生きのこれそうだ。

「解放！」と、ダヴ。モルケンシュロトが指示を伝達する。これからは、あらゆる些細なことが重要となる。重力ローターに作用するインパルスに障害をあたえてはならない。反重力フィールドが消え、構造体は空虚空間に自由落下する。すると、コンピュータ

がこれを正しい軌道に導いた。ローターがゆっくりと四方八方にしりぞいていく。ちいさな人工太陽はそこにのこり、自転しはじめた。

ハンザ・スペシャリストは魅了されながら、この展開を見守った。もうすこしで完了する。新星、ちいさな人工太陽の誕生だ。

それでも、この努力のむなしさを痛感する。いくら自分が新しい力の創造者として登場したところで、二百の太陽の星を危険にさらす排除不可能な例の脅威に対しては、やはり無力なのだ。どのような方法によっても、冷気エレメントを追いはらうことはできない。

コスモクラートたちには解決法があるのか？　おそらく、ない。もしあれば、きっと特殊艇《シゼル》とともにポスビの中央世界を訪れるか、レジナルド・ブルあるいはジュリアン・ティフラーにヒントをあたえたことだろう。

なにもないのだ。沈黙につつまれた銀河系は、迫りくる危険を前に目をつぶっている。スタリオン・ダヴはほんの一瞬、自分が、ひたすら冷たく輝く光点にかこまれ、はてしない暗黒のまっただなかにひとり漂っている気がした。胸が締めつけられる。

ようやく、重力ローターが人工太陽を解放した。あとは弱い拘束フィールドだけが新星をつつんでいる。だがそれもまた、まもなくスイッチが切れるだろう。そのタイミングは正確に計算してあった。

すでにモルケンシュロトの指揮船は、実験装置から二万キロメートルはなれていた。近くに、ほかの船はない。

「あと十秒です！」ルッセルウッセルが告げた。「かれはどうやって、これをやり遂げられたのでしょう？」このマット・ウィリーは自分のことを〝かれ〟という。〝わたしの〟と〝わたしを〟もよく混同する。

スタリオン・ダヴがまさに答えようとしたそのとき、スクリーンに弱い稲妻がはしる。探知装置が反応した。

「ハ……ハルク船！」だれかがつっかえながら、叫ぶ。「ハルク船の半分だ！」

だれもが、熱探知スクリーン上の難破船に気づいた。弱い出力で型どおりの救難信号を発し、その尾部はきらめく光点の雲につつまれている。難破船はリニア空間から人工太陽のすぐ近くに出現した。

モルケンシュロトが通信装置に向かってなにかを叫ぶが、もはや意味はない。超重族は冷静沈着に、防御バリアの起動装置をたたいた。船はパラトロン・バリアにつつまれて加速し、ただちに危険宙域をはなれる。

あれは《ラス・ヴェガス》だ！　ハンザ・スペシャリストは頭のなかで叫んだ。そんなばかな！

まぶしい閃光がスクリーンをはしり、船の乗員は手で目を守るようにおおう。重ハルク船の残骸が突っこんだ重力ローターは、あらゆる方向に吹き飛ばされた。コンピュータがただちに、全壊を告げる。

《ラス・ヴェガス》が人工太陽に衝突。船は引き裂かれ、人工太陽もろとも巨大な爆発を起こした。ちいさな重力波があらゆる方向にひろがり、指揮船全体を揺るがす。

「撤退するのだ！」スタリオン・ダヴはあえぐような声で告げた。ただひとつ明らかなことがある。残骸の尾部に見えたきらめく雲の正体だ。とはいえ、スクリーンは暗いまま。冷気エレメントのかけらは消えていた。

汗が噴きだす。ハンザ・スポークスマンは計算してみた。すべての冷気エレメントを排除するには、いくつの人工太陽が必要なのか。予想では、はかりしれないものとなる。エレメントの一部を無効にするだけでも、超新星爆発の熱でさえ不充分だろう……宇宙半分のエネルギーを内部に蓄えた超新星でないかぎり。

「もう危険はありません」船載ポジトロニクスが告げた。「重力ローターは破壊されました」

つまり、余波はないわけだ。

そこに、二百の太陽の星のハイパーインポトロニクスから報告がある。すでに製造施設があらたな重力ローターを完成させたらしい。

スタリオン・ダヴは意気消沈し、シートにからだを沈ませた。再度、試みたところで、なんになるというのだ？　けっして成功しないだろう。

「地表にもどってくれ」と、モルケンシュロトに告げた。超重族は陰鬱そうにうなずく。

船を地表に向かわせるあいだ、二百の太陽の星周辺でさかんな通信が飛びかった。フラグメント船数千隻が出現したのだ。さらに突然、GAVÖK部隊に所属する一隻とも接続が確立。通信コードは、明らかにトルムセン・ヴァリーのものだ。まもなく、スクリーンにエルトルス人の姿がうつしだされた。

「チョルトからか！　つまり、やられたのだな！」ダヴは不安なうめき声をあげた。

「基地惑星はマイナス宇宙に墜落した」ヴァリーが報告する。「チョルトとともに、多くのフラグメント船も消えた。主制御プラズマとすべての生物は救出したものの、一マット・ウィリーが犠牲となり死んだ！」

「すべてはもう意味がない。われわれの試みは無意味となった」ダヴはささやくと、なにが起きたのかを簡潔に説明する。ヴァリーの淡紅色の肌が色あせ、黄色くなった。

「ちくしょう！」と、うなる。「あの冷気エレメントを、わたしみずから……」

ありとあらゆる船の内部に、けたたましい警報が鳴りひびく。ついに中央プラズマが脅威に反応したのだ。

「あらたな計算によると、冷気エレメントが二百の太陽の星を追いつめようとしている」ハイパーインポトロニクスが淡々と告げた。

5

《マシン八》は、まるで巨大な魚がちっぽけな獲物をのみこむように《理性の優位》を収容した。グリーンに輝く円錐形の船が、直径七十六キロメートルの巨大船内に消える。《マシン八》の表面をおおうさまざまな長さのキノコ形の突起が、闘争能力にすぐれた肉食魚といった印象をさらに強める。

指揮エレメントであるカッツェンカットは、自船がエアロック室を通過するようすを平然と見守った。なにも目新しいものはない。ひたすら、アニン・アンの1＝1＝シルシュの報告を待つ。

アニン・アンのような種族もめずらしい。その歴史における初期のうちにすべてを脱ぎ捨て、放棄し、魂を完全に技術に売りわたしたのだ。まもなくその周囲には、自分たち自身のほかに有機物はなにもなくなった。だが事態が進むにつれて、種族の存続が危ぶまれることになる。環境があまりに苛酷になったせいで、肉体的需要を満たせなくなったのだ。

その結果、自身の肉体をサイボーグに変え、なかば技術による構造体と化した。技術的進展の調和とマシンの外見が生涯の課題となる。これはアニン・アンにとり、目標の実現だった。かれらのなし遂げたことは、どれもが技術と金属化学の傑作といえよう。種族は全員、この分野の職業についている。《マシン八》も、破壊された《マシン十二》も、感情を持たないむきだしの感覚がつくった美術品なのだ。

このロボット文明のある種の異常性は、否定できない。マシンにさまざまなジャンルがあるように、アニン・アンの社会もまたクラス分けされていた。カテゴリーと呼ばれる十七の階級は、それぞれの名前にも反映する。1＝1＝シルシュは、カテゴリー一におけるナンバー一ということ。カテゴリー一の技術エレメントは小型で繊細なつくりだが、カテゴリー二はそれより精度が落ちる。カテゴリーの数字が増えるにつれ、さらに大きく不格好になっていく。カテゴリー十七は箱形で浮遊機大の構造体で、アニン・アンの繊細な目には醜く大ざっぱに見える。カテゴリー十七のモデルは、最下位クラスの技術ロボットだ。

《マシン八》が恐ろしげな口を閉じると、《理性の優位》のフォーム・エネルギー外殻に開口部が生じた。カッツェンカットは自船を降り、ほのかに輝くくすんだ色の床を短い脚で進む。

1＝1＝シルシュが出迎えた。小型のアニン・アンは、床上二十センチメートルほどのところに身じろぎもせず浮かんでいる。樽に似た胴体に無数のアンテナとレセプタがあり、グレイの特殊素材でできた手幅ほどの環が、樽のまんなかあたりをかこんでいた。そこから必要に応じて付属肢をつくりだせるのだ。樽自体は輝くブルーである。

アニン・アンは腕のような付属肢二本を形成すると、それを動かした。歓迎を意味する身振りのようだ。

カッツェンカットは気にもとめない。その目はただ、わきから近づいてくる小型の輸送ロボットに注がれていた。ロボットは指揮エレメントのすぐそばで停止。窪んだふたつのシートは快適そうだ。1＝1＝シルシュが付属肢を伸ばし、

「どうか気を悪くしないでください。あなたの地位にもっとふさわしい乗り物が近くになかったので」と、告げた。「ようこそ《マシン八》へ、指揮エレメント。発明品の準備は万全です！」

1＝1＝シルシュはふたつめのシートの窪みにからだを沈ませた。ロボットが動きはじめ、不釣りあいな二名を巨船の司令室に運んでいく。

金属製の肘かけが妙に冷たく感じられ、カッツェンカットは凍えはじめた。青ざめた肌の下の肉組織に冷気が忍びこみ、骨の髄まで押しよせる。あやうく口を開き、引き返すよう命じるところだった。あわてて口をかたく結ぶ。

これは金属がはなつ冷気のせいではない。《マシン八》内の温度は、指揮エレメントのからだの要求に合わせて調整されているはず。カッツェンカットを身震いさせたのは、生きた存在から拡散される絶対的な冷たさだった。ネガスフィアのはてしない暗闇と虚無を思いだす。ここでは、冷気エレメントをはるかに超える冷たい気配が感じられた。それは《マシン八》やほかの技術エレメントのマシンに浸透する冷たさで、アニン・アンの体内の有機脳とは相いいれない。この冷たさについて考えるうちに、カッツェンカットはおのれの感情に思いいたった。ときに育み、ときに抑制してきた感情だ。

心理学者なら、カッツェンカットを分裂道徳主義者と呼ぶだろう。エレメントの支配者のあらゆる命令を躊躇せずに実行する従順な従者である一方、四千年以上にわたり、宇宙のあらゆる知性体同様に良心の呵責を知る有機生物として生きてきたのだから。

指揮エレメントは、みずからをさいなむ思考をわきに押しのけ、目の前の展開に神経を集中させた。1＝1＝シルシュは、なにが重要なのかわかっている。すでにカッツェンカットの命令を受領していた。さらにあらたな任務にとりくむだろう。それにくわえて、このアニン・アンが言及した発明品に対し、サーレンゴルト人は興味津々だった。

輸送ロボットは、複数のホールとそれらをつなぐトンネルを抜けた。周囲はまばゆいばかりに光り、カッツェンカットの視覚器官を痛いほど刺激する。指揮エレメントは、シートの上でいらだちをかくしきれないようすで動いた。

「申しわけありませんが、まだ時間がかかります」アニン・アンの声が響く。「われわれ、高エネルギー区画内の隔離された保安実験室を訪れなくてはならないので！」

カッツェンカットはうなるような声を発し、理解をしめした。アニン・アンが輸送ロボットに、速度をあげるよう命じる。金属からなる山のごとく高い巨像のようなマシンがいくつも、数キロメートルにわたる広域を歩きまわり、子供を産む怪物のように何度も小型マシンを放出している。輸送ロボットはそれらのあいだを通りぬけ、同じルートを進む小型車輛の列にならんだ。

指揮エレメントは満足だった。身の毛もよだつような冷気を払拭（ふっしょく）し、アニン・アンとその唯一の存在目的に理解をしめすことに、わずかに成功したから。《マシン八》内では作業が進む。技術エレメントがいなければ、エレメントの十戒はこの完璧なかたちでは存在しなかっただろう。アニン・アンが技術を提供し、発明したのだ。戦争エレメントはかれらによってつくられた。精神エレメントの唯一の移動手段の役割をはたし、これを体内に収容する空間エレメントも、またしかり。アニン・アンは、十戒のもっとも価値あるエレメントともいえよう。

エネルギー・フィールドが、輸送ロボットをつつんだ。同時に衝撃吸収装置が働き、ロボットはらせん状通廊に飛びこんだ。しばらくすると、通廊がくだりはじめ、最後には垂直に下降する。それをカッツェンカットは感じたわけではないが、両脚のあいだにあるコンソールの表示装置で確認した。

ロボットが《マシン八》司令室に突入した。直径ほぼ十キロメートルの空間だ。その七十パーセントを浮遊階層と自由に漂う高エネルギー区画が占め、それらをかこむように、実験棟とサイボーグの修理施設がある。

まもなく、ロボットは高エネルギー反応炉のあいだのせまい隙間に入りこんだ。強い放射をはなつ構造体とは、ただ薄い防護フィルム一枚のみで隔てられている。前方に隔離された保安実験棟が見えた。1＝1＝シルシュは輸送ロボットを、空中に向かって百メートルほど突きだしたプラットフォームに進ませた。その上には、むらさき色のドーム形防御バリアがそびえる。

カッツェンカットははげしい好奇心を抑えきれなくなり、床に跳びおりた。アニン・アンが〝発明品〟といったなら、それはおもちゃではなく重要な武器のことなのだから。

「われわれ、これをサコダーと呼んでいます」と、1＝1＝シルシュ。その震える声で不安がわかる。指揮エレメントはいぶかしく思った。「発明したのはわれわれではありませんが！」

カッツェンカットは立ちどまり、

「では、なんなのだ？」と、金切り声でたずねた。「きみたちの発明品だといったではないか！」

「くわしく説明するには時間がたりなかったので」アニン・アンが認めた。

「わたしをだましたのだな！」カッツェンカットが自制を失い、叫んだ。「きみの種族の発明品ではないだと！　どこから、この武器を持ってきたのだ？」

1＝1＝シルシュは、これを銀河系から強奪するという軽率な行為に出たのか？　あるいは、役にたたないものとして押しつけられたのか？

指揮エレメントは突然、ふたたび凍りつく。コスモクラートの罠ではないか。タウレクとヴィシュナ、そしてあのエルンスト・エラートの陰謀かもしれない。

「いいえ。おちついてください！」1＝1＝シルシュが驚いて叫び声をあげ、ひたすら謝った。「この武器は信用できるもの。ただ、投入可能かどうかは、まだ見当がつきません！」

アニン・アンはそう告げると、自分の懸念について指揮エレメントに話した。《マシン八》が基地惑星チョルトから十光年ほどはなれたところで実体化したさい、敵に見つかったのではないかと案じていたのだ。

「ほかにも、まだあります」アニン・アンがつづけた。「空間エレメントを偵察に出しておいたところ、GAVÖKが二百の太陽の星周辺に艦船を五千隻ほど集結させたとの報告がきました。この状況において本来の計画を決行すべきか、はなはだ疑問です！」

「臆病者！」カッツェンカットがどなりつけた。「それはわたしが決めること！　口出しするな！」

どうやら、このアニン・アンは同胞種族の超慎重派を代表するようだ。サイボーグの考えを変えることはできないので、カッツェンカットはこれを黙殺する。冷気エレメントの動きがGAVÖKに知られることは想定ずみだし、かれらがポスビを援助するのは明白なこと。フェルト星系においては、ポスビがGAVÖKに手を貸したのだから。だが、もっとも重要なのはべつの点である。GAVÖKとその責任者たちは、二百の太陽の星がクロノフォシルだと知っているわけだ。とはいえ、このクロノフォシルをコスモクラートの炎の標識灯が気にかけることはない。というのも、銀河系外にあるため、そこまでの道は確保できないにちがいないから。

「いまにわかるだろう。指揮エレメントの両面作戦が勝利を導くのだ！」と、1＝1＝シルシュに告げる。

「もちろんです」アニン・アンが応じた。実際、納得したように聞こえる。

すでに実験棟に到達していた。1＝1＝シルシュがカッツェンカットを実験室に案内し、何重にも守られた特殊装置をしめす。それは巨大な指ぬきに似ていた。長さ百二十メートル、厚さ六十メートルほど。完全に滑らかで色はグレイだ。

これを見たとたん、カッツェンカットの色素センサーがはげしく輝きはじめた。ふたつの口をゆるめ、ほっとしたような笑い声をあげる。

〝貯蔵基地〟の産物か。なるほど。これは思いもしなかった。技術エレメントが携行する高度な装置の多くは、十戒の主要基地のひとつである貯蔵基地に由来するものだ。カッツェンカットはもう、サコダーがなんであるかわかったような気がした。銀河系の歴史と、二百の太陽の星の特別な役割を考えれば、そもそも意味のある結論はただひとつしかない。

サコダーとは、六次元活性コード化装置の略である。この装置を使うと、活性コード化された六次元放射が生じるのだ。これがポスビのプラズマ成分に接触すると、ÜBSEF定数のコードが解読され、一時的に定数が変化する。これは指揮エレメントにとり好都合な武器である。計画を容易に運んでくれるはず。

二百の太陽の星は、すでに手中に入ったも同然だ。

カッツェンカットは勝ち誇った。エレメントの十戒が銀河系の前に出現して以来はじめて、貯蔵基地の武器が使われるのだ。貯蔵基地は、ネガティヴ勢力にとり、深淵の騎士のケスドシャン・ドームと対をなすもの。監視騎士団は船の難破によって甚大な被害をこうむり、その組織はもはや存在しない……ふたりの騎士をのぞいて。

「サコダーを《マシン八》の上極に設置するにはどれくらいかかる？」カッツェンカットがたずねた。1＝1＝シルシュが答えた時間は、銀河系における通常の時間単位に換算すれば、三時間ほどだ。

指揮エレメントは満足して《理性の優位》にもどった。アニン・アンはいまだに決心がつきかねているようだが、十戒が二百の太陽の星に対して勝利すれば納得するだろう。フォーム・エネルギーからなるグリーンの船が《マシン八》をほとんどはなれないうちに、空間エレメントの大群が到着した。無数の精神エレメントの移動手段として役だつものだ。この両エレメントは、GAVÖK部隊を混乱させ、行動不能におちいらせる役目をになう。そのあいだに、1＝1＝シルシュが《マシン八》で、計画どおりの攻撃を開始するのだ。

《理性の優位》の船載コンピュータが、《マシン八》とアニン・アンとの接続を確立する。カッツェンカットはグリーンのフォーム・エネルギー製シートでくつろぎながら、命令が伝達されるようすを見守った。その直後、両船は現在ポイントから姿を消し、二百の太陽の星から数光年はなれたところで通常空間にもどる。そこで二隻は定位置についた。空間エレメントと精神エレメントがこれにつづく。カッツェンカットは躊躇なく、敵部隊への攻撃を命じた。自分自身は、空虚空間をひろく注意深く観察する。そこに動くものはなにもない。さらなる艦隊も近づかず、コスモクラートの小型船も見えない。おそらく、いまだに炎の標識灯にかまけているのだろう。

「きみたちの負けだ、タウレクにヴィシュナ」カッツェンカットが満足そうに告げる。

指揮エレメントは、完全に自信をとりもどした。《マシン八》内で感じた冷気はすでに消えている。二百の太陽の星をめぐる勝利を目前に、フェルト星系における敗北感も払拭され、まったく色あせていく。

《マシン八》との常時接続により、目の前にアニン・アンがうつる。カッツェンカットはそれを見つめて、告げた。

「用意はいいか、1＝1＝シルシュ。まもなく命令を出すぞ！」

6

《ジャイアント》が、ハイパーインポトロニクスのすぐ近くの着陸床に降りたつ。着陸後まもなく、トルムセン・ヴァリーは船をはなれた。エルトルス人二名が同行する。船長代理のシデルギト・マンチェンと、首席科学者ファレン・カソムだ。この男は、カソム家の有名人メルバルの子孫にあたる。指揮官より頭ひとつぶん背が低いが、体格ではまったくひけをとらない。筋肉が不足しているところは、厚い脂肪の塊りで補う。色男というよりもむしろ暴飲暴食にふける大食漢として名を馳せていた。グルメという言葉は、この男にはひかえめすぎる。

エルトルス人三名は、スタリオン・ダヴのいる本部入口に向かった。一ポスビが着陸床のはずれで一行を迎え、案内する。

「防衛委員会があらたな会議を招集したのです」生体ポジトロン・ロボットが説明した。「おそらく、攻撃前の最後の会議になるでしょう」

「おやおや、こいつは知りすぎだ！」ヴァリーの左の耳もとで、細い金切り声がする。

フランクリン・デミルがエルトルス人の肩の上に立ち、シャツの襟にしがみついていた。

「この近くに、ヒュプノ学習装置はあるだろうか？」

「おかしなやつだな」ヴァリーがささやいた。そのさい、デミルは耳をふさごうとして、ほとんど肩から落ちそうになる。「きみは行く先々で、ひたすらヒュプノ学習をもとめている。いつか、そのちっぽけな頭が破裂するぞ。そもそも、そのなかには脳みそがつまっているのか？」

フランクリン・デミルが、エルトルス人に平手打ちをくらわした。とはいえ、《ジャイアント》船長はたたかれたことさえ感じない。ただ耳たぶが、むずがゆいだけだ。それでもシガ星人に警告する。「いい子にしていないなら、肩の上から吹き飛ばすぞ！」

「それは、わたしにとって死を意味する！」デミルが金切り声をあげた。「そうなれば、きみは全世界から殺人者呼ばわりされるぞ！」

「全世界がきみの訃報を知ることはない」ヴァリーがうなるようにいう。「それに、そんなふうに軽々しく死を口にすべきではない。なんといっても、きみはクリュッツェルに命を救われたのだから！」

「悪かった！」シガ星人がうなるようにいう。「もちろん、きみのいうとおりだ。わたしがおろかだった。マット・ウィリーに悲しい知らせを伝えなければならない」

「その機会はすぐに訪れるさ」と、トルムセン・ヴァリー。「きっと、委員会メンバーのなかにはマット・ウィリーもいるはずだから」

ポスビにつづいて地下に向かった。ロボットは一行を会議室に案内する。そこにはすでにメンバーが集まっていた。ヴァリーは、モルケンシュロトとスタリオン・ダヴに気づく。ふたりは搭載艇で着陸したのだ。モルケンシュロトの指揮船は、二百の太陽の星のせまい軌道上にある。

会議室の奥にはブルー族がひとり立っていた。いまにも老衰で倒れそうな感じだ。あれが悪名高きギルプ、GAVÖKフォーラムの特別大使にちがいない。フォーラムは《ムトグマン・スセルプ》内で常時開催されている。銀河イーストサイドの出来ごとを受けて、もはや休む余地はなかった。

スタリオン・ダヴが到着したばかりのメンバーに挨拶し、一行を案内したポスビを紹介した。コーラスと呼ばれているそうだ。

「かれは直接の参加者だ」と、ハンザ・スペシャリスト。「もちろん、中央プラズマはこの会議を通信端末で聞いている。とはいえ、一ポスビがこの会議に参加することに、わたしはなんの異論もない」

「〝かれ〟もそれがいいたかったのです!」ルッセルウッセルがさえずるような声をあげた。長く大きな有柄眼をのばし、ヴァリーに近づけると、肩に乗ったちいさな存在をじっと見つめる。

「だれのことをいっているのか?」トルムセン・ヴァリーがたずねた。マット・ウィリーについては知っているが、いずれも風変わりな習性を持つようだ。

「自分自身のことだ」モルケンシュロトがうなるように応じた。「だが、本題にうつろう」

メンバーは席についた。フランクリン・デミルがヴァリーの袖を伝って滑りおり、いささか乱暴にテーブルに着地する。

「〝わたしを〟話をしているのですか?」ルッセルウッセルが非難をこめていうが、もうだれもとりあわない。マット・ウィリーは有柄眼をふたたび引っこめると、四つの目を持つスツールに姿を変えた。

「本題は、こういうことだ」トルムセン・ヴァリーが口火を切り、チョルト破滅のさいに計測した五次元ショックについて話した。自分の青い髷に誓って、あの現象は技術エレメントの《マシン》船によるものにちがいない。イーストサイドにおける出来ごとのさい、その手の船がすでに出現していた。そして、これらが一連の不快事をもたらしたのは明らかだ、と。

「《マシン》という船は、正真正銘の兵器庫だ」スタリオン・ダヴは、エルトルス人が報告を終えるとうなずいて、「これらに打ち勝つのはむずかしいだろう。その大きさからすると、かなりの武器だけでなく、ものすごい防御システムをもそなえているはず」

「それほどみごとなのですか？」ルッセルウッセルが声を張りあげた。興奮しているようだ。ダヴは、マット・ウィリーに言動をつつしむよう注意しようとした。ところが、コーラスがそうさせない。

「ルッセルウッセルのことを悪く思ってはなりません」と、ポスビ。「すでに、クリュッツェルが死んだことを知っているのです」

スタリオン・ダヴは息を吸いこんだ。つまり、それが理由というわけか。ヴァリーの簡潔な報告も追い討ちをかけたのだろう。なぜマット・ウィリーがあれほどじっとシガ星人を見つめていたのか、いまようやくわかった。友が命がけで守ろうとしたのがどのような存在なのか、知りたかったのだ。

「スタリオン・ダヴ！」心地よく調整された声が響く。「状況は明白だ。われわれの惑星の長期防衛計画を手遅れにならないうちに実行にうつせるかどうかは、疑問だが」

「重力ローターはどうなった？」ハンザ・スペシャリストがたずねた「それがなければ、いずれにせよ、計画は無意味だ！」

「まもなく準備がととのう。それも複数だ。これで複数チームを任務に送りだせるだろう！」

そのための時間がまだのこされているかは、疑問だ。もし《マシン》船が攻撃してきたなら、手遅れになる。

「《マシン十二》は破壊されたぞ」モルケンシュロトが大声をあげた。まるでどんな手がかりもけっして逃すまいとするかのように。「われわれがあらたな《マシン》をいかにすばやく吹き飛ばすか、だれにもわからない！」

すべては、二百の太陽の星の従来の防衛方式で動いた。ほぼ五千隻のGAVÖK船が中央世界をかこむように結集し、梯形陣を組み、防衛網を形成する。これに、空虚空間で待機していたポスビのフラグメント船一万隻がくわわった。ほとんどとぎれることなく、遠くはなれた基地から空虚空間にさらなる船が到着。冷気エレメントはあらゆる銀河間基地を組織的に攻撃している。まずはロボット基地を一掃してから、二百の太陽の星を襲うつもりだろう。

あるいは、二百の人工太陽の熱が冷気の直接攻撃を遠ざけたとも考えられる。

スタリオン・ダヴは、壁の大型スクリーンに映像をうつしだした。そこにはフォーメーション・プランもふくまれる。

「このように部隊を配置するつもりだ」と、説明をくわえる。「全艦船にこのプランを伝える。ポスビもすべて、これにくわわるのだ。予想に反して冷気エレメントによる攻撃がなければ、十戒はわれわれに歯が立たないということ。そうでなければ、わたしはそろそろ、ここのリーダーを引退する時期だろう」

「いずれにせよ、後任候補はひとりしかいない」このときはじめて、ギルプの声が響いた。ブルー族は奥から進みでて、挑むように中央に立つと、四つの目で前後左右の全員を見つめた。

「きみか！」と、ハンザ・スペシャリスト。「前にもこんなことがあったな。きみはもとめられた場合にのみ、政治問題の面倒を見てくれればいい。きみたち政治家には、この問題を解決できない。十戒を言葉で脅そうとしてもむだだ。われわれと交渉するつもりもまったくないだろう！」

「では、わたしはなんのためにここにいる？」ギルプが憤激する。その声は超音波域に達した。「わが老年の威厳にふさわしい役目は、直接、中央プラズマに助言し、性急な行動を思いとどませること」

「拒否する！」ハイパーインポトロニクスが口をはさんだ。「助言は必要ない。あなたは大使であって、助言者ではない！」

「わたしと反対ですね」ルッセルウッセルが口をはさんだ。

「反対とか賛成とかいっている場合ではない。とりわけいまは」と、中央脳。「ところで、われわれに時間はなくなった。無数の異物体が、二百の太陽の星のすぐ近くに実体化したのだ。攻撃態勢をとり、その数はさらに増加している。全長七十ないし百メートルほど、幅二十メートル。T字形の梁だ！」

「十戒が攻撃を開始した！」

「空間エレメントだ！」ダヴが叫んだ。

警報が響きわたった。男たちは次々と、会議室を飛びだしていく。目的はただひとつ。可及的すみやかに自船にもどることだ。ハンザ・スペシャリストもまた、あとにつづこうとしたが、そうしたところでむだだと思い、途中で引き返す。宇宙防衛には、自分よりも適格な者たちがいる。たとえば、トルムセン・ヴァリーやモルケンシュロトだ。

「あなたは本部にのこったほうが賢明だ、スタリオン・ダヴ」ハイパーインポトロニクスが告げた。「護衛として、数十体の〝子供たち〟を送ろう！」

「感謝する！」と、ハンザ・スポークスマン。ルッセルウッセルが急いで会議室から出ていくのが見える。からだの窪みにフランクリン・デミルが乗っていた。シガ星人の旺盛な知識欲はいまだ満たされることはない。あるいはそれは、つねに強いストレスがかかる段階においてはじめて発生するものなのか。

戦いがはじまったのだ。どのような結果が待ちうけているのか、スタリオン・ダヴにはわからない。重力ローターは無用になった。この状況下では、人工太陽を設置できる可能性は皆無だ。まったく意味がない。たちまち、破壊されてしまうだろう。

二百の太陽からなる現存のリングに思いをめぐらせると、目の前が真っ暗になった。部隊の防御対策はとりわけ、これに集中させなければ。人工太陽なしでは、中央プラズマの存続が危ぶまれる。

「二百の太陽の星はクロノフォシルだ」ダヴはひとりつぶやいた。「十戒はこれを手に入れたいのか、それとも破壊する気なのか？」

その答えは、すぐにわかるだろう。

＊

たちまち、二百の太陽の星は砦と化した。いたるところで地面が口を開き、ロボット制御の要塞が出現する。惑星は防御態勢をととのえた。中央プラズマはハイパーインポトロニクスとともに、極限まで防戦するつもりだ。プラズマとポジトロニクスの合意にもとづき、中央脳がたったひとつ信号を送るだけで、二百の太陽の星は火を吐く怪物と化す。敵勢力が地表に降りたつのを阻止するためならば、すべてを試みるだろう。

惑星は宇宙から見ると、突然はしかにかかったかのように見えた。地面と森の緑がいたるところで、グレイの染みによって分断され、その上をエネルギー・バリアがドーム状におおっている。

この映像を見て、グンナー・ヘルトは奇妙な感覚に襲われた。これは自船《ネスヴァビア》のカメラから直接送られたのではなく、フラグメント船によって転送されてきたものだ。ポスビの船は防衛線のもっとも内側にいる。

空間エレメントのひとつがこれを突破し、二百の太陽の星が戦いの火蓋を切ったなら、どうなるのか？　ハイパーインポトロニクスが砲撃を開始した場合、何隻のフラグメント船が破壊されるのか？

この思いを振りはらう。二百の太陽の星の射撃精度は、ターゲットを正確にとらえ、影響を限度内におさえるには充分だ。中央プラズマは、おのれの〝子供たち〟の一体すら破壊させないだろう。

ヘルトは自船にて前衛をつとめている。およそ二百隻からなる前衛部隊は、虚無から多くの空間エレメントが出現したセクターに向かった。宇宙空間に浮かぶ輝くT字形構造体が、まっすぐ防衛部隊めがけて近づいてくる。

「ヘルトからヴァリー」と、呼びかけた。まもなく、スクリーンに部隊指揮官の姿がうつしだされた。青い髷が輝いて見える。《ネスヴァビア》船長は告げた。「われわれ、さらに進撃する。いまのところ、われわれにはチョルトよりもまだチャンスがある。この瞬間を利用し、攻撃するべきだ！」

「賛成だ、グンナー」トルムセン・ヴァリーが応じた。「それでも、きみには前衛部隊のすべての艦船に対する責任があることを忘れるな。前衛はフラグメント船ばかりではないのだから！」

「わかっているとも」ヘルトが、グリーンの髷をなでながらいう。「可能なかぎり、直接対決を避けるつもりだ！」

トルムセン・ヴァリーの顔は消えたが、回線はつながっている。小部隊は、さらに最前線をはなれ、ますます膨れあがる群れに向かって急いだ。

光学探知装置がはじめて、空間エレメントの詳細な映像をとらえる。グンナー・ヘルトは、T字形構造体の表面にある産毛のようなものに気づいた。その全身同様、産毛も透明だ。この構造体がたしかグルウテという名であることを、エルトルス人は思いだした。その器官が、まるで有機知性体のように震えている。

はたして、この相手をどうあつかったものか。空間エレメントの機能については、おおまかに聞いていた。エネルギーを蓄え、放出することができるのだ。とはいえ、そのタンク容量は無限ではないはず。それこそまさに、ヘルトがためしてみたいポイントだった。もちろんそのさい、エレメントに近づきすぎないよう、留意する必要がある。

「最初の攻撃フォーメ……」ヘルトが口を開いたが、つづく言葉は文字どおり喉に引っかかった。空間エレメントの最前線からちいさな球体がはなたれ、とほうもない速度で前衛部隊に向かって突進してきたのである。

これは未知のものだ。探知結果によれば、完全に無害な岩塊で、脅威にはならないとのこと。ヘルトには理解不能だった。

「ポスビ、前進せよ！」マイクロフォンに向かって告げた。たちまち、集団からフラグメント船三十隻が離脱し、岩塊に向かっていく。エンジンから炎があがった。

なにも起こらず、岩塊は飛行ルートを変えない。ところが、宇宙船の防御バリアと接触すると、光の乱舞を展開しながら赤熱した。

このときはじめて、グンナー・ヘルトは、岩塊を破壊するよう命じる。防御バリアに到達したのはせいぜい二十個といったところか。のこりは船のビーム兵器により、燃えつきた。ポスビの報告によれば、岩塊がバリアに当たって赤熱した船の船内では、轟音の嵐に見舞われているらしい。

エルトルス人は、これらの岩塊も破壊するように命じた。とはいえ、もう手遅れだ。該当するフラグメント船内に警報が響きわたる。

船の一部が変形し、物質がゆがみはじめた。外殻構造物がはじけとび、数隻が切りもみ状態で落下する。駆動装置が機能せず、エンジンが壊れたのだ。エネルギー反応炉が爆発し、後続船の探知を妨害する。

ヘルトはエルトルス語で悪態をついた。司令室内にはほかに同胞がいないのでほっとする。ほかの種族出身のメンバーは、ひょっとしたら言葉自体は理解したかもしれないが、かれが漏らしたいいまわしの意味まではわからないだろう。

「まもなく、われを忘れてしまうかもしれないな!」と、ささやく。さらなる岩塊をただちに撃ち落とすよう命じ、飛行コースをわずかに変更した。

「それでいい」スクリーンの向こうからヴァリーがいった。「この事象には、ただひとつの説明しかつかない。空間エレメントが衝突コースにくりだした岩塊のなかに、ギャンと呼ばれる精神エレメントがひそんでいたのだ。防御バリアのわずかな構造亀裂から船内に侵入したのだろう。岩塊が防御バリアに衝突したさいに発生した光の展開が、これをしめしている。ただちに、該当するフラグメント船を隔離するのだ！」

ポスビたちがみずから反応。速度をあげ、二百の太陽の星からかなりはなれた空虚空間に向かいはじめた。もはや飛行不可能となった船を曳航していく。

一方、そのあいだにグルウテのほうは作戦失敗とわかったようだが、それを気にかけるようすはない。速度をあげ、飛びつづけている。

グンナー・ヘルトは砲撃を命じた。光の束すべてがT字形構造体に向かってはしり、燃える光でつつむ。グルウテはわずかに膨らんだが、これにより足どめされることはない。

「トランスフォーム砲、準備！」ヘルトがうなるようにいう。「ただちに発射。さもないと、われを忘れてしまう！」

乗員のほとんどが、この短気な男の口癖を知っている。船長が本当にわれを忘れた場合はどうなるのだろうと、だれもが疑問に思った。

《ネスヴァビア》船長は、《マシン》船の探知映像がうつるモニターを凝視した。見まちがいか、それとも本当に、怪物のすぐ近くにちいさな船が一隻いるのか？

探知装置の精度をあげ、コンピュータに部分計測を指示する。実際、見まちがいではなかった。分光計によれば、小型の円錐船がグリーンの光をはなっているとわかる。ある考えがひらめいた。この小型船が捕虜のはずがない。その姿から、十戒に属するものとわかる。戦場から七光年はなれたところで《マシン》とともにいるのは、壊れやすい船だからだろう。

指を巧みにはしらせ、可能なかぎり正確にリニア飛行をプログラミングする。部隊に属するアコン艦一隻にあとをまかせ、速度をあげた。防衛線にわずかに触れながら、宇宙空間に向かって疾駆する。まもなく《ネスヴァビア》は相手の探知を逃れ、円錐船のすぐ近くにあらわれた。

「砲撃!」ヘルトが叫ぶと、兵器が可能なかぎりのすべてを吐きだした。乗員の大半は、いまだになにが起きているのかわからずにいる。

猛火が小型船をつつんだ。エルトルス人はまったくの勘から、この船にはかなり地位の高い者が乗っていると推測した。それどころか、攻撃命令をくだした張本人ではないか。ひょっとしたら、指揮エレメントの船だという《理性の優位》かもしれない。

小型船はエネルギーをのみこみ、その場から動かない。攻撃者の存在に気づいたようすすらない。グンナー・ヘルトはすこしずつ、わかりかけてきた。この円錐船は難攻不落なのだ。

自身のミスをののしる。だが、もう手遅れだ。突然、微光が《ネスヴァビア》をつつみ、十戒の出現にそなえてプログラミングされたコンピュータが冷気警報を発する。グリーンの小型船と、わずかにはなれた距離にある《マシン》がぼやけはじめ、ついには黒いヴェールの向こうに完全に消えた。宇宙には、目に痛いほどにきらめく白い光点だけがのこる。

船のエンジンがとまった。この瞬間、グンナー・ヘルトは、自分がどれほどおろかだったかを知る。やみくもに罠に跳びこんでしまった。もちろん、あの小型船が空虚空間のまっただなか、無防備のまま漂っていたわけがない。考えればわかったはず。どういうわけか、われを忘れてしまったのだ。

司令室にたちこめる沈黙は、船をつつむ虚無よりもきびしいものだった。怒りに満ちた男女にじっと見つめられ、ヘルトは数秒間、まともな言葉を発することができなかった。

「急げ！」とうとう、うめき声をあげた。「セラン防護服と宇宙服を着こむのだ。暖房装置の出力を最大に切りかえろ。なんとかして小型船までたどりつこう。可能なかぎり多くのブラスターを手にとれ！」

船の辺縁区域から聞こえる、きしむような音で、大規模な行動に出る時間はのこされていないとわかった。乗員は防護服をとりだしてくると、急いで着用する。司令室のな気が運びこまれる。

かはまだ暖かい。だが、最初の被害報告とほとんど同時に、通廊を伝って這い進んでくる冷気が到達した。乗員がすべて《ネスヴァビア》司令室に集まったさい、外からも冷気が運びこまれる。

事態は非常に速く進んだ。冷気エレメントは船をいっきに征服。すでに外側ステーションで最初の崩壊の兆しが見られたときには、暖房装置のスイッチを入れたにもかかわらず、司令室の男女は凍えはじめていた。

やがて、装置が動かなくなる。冷気は防護服から乗員のからだに入りこみ、血液の流れをとめた。だれも動かず、船長のかすれ声の悪態のほかには、なにも聞こえない。全員が深刻な命の危険にさらされ、その責任は指揮官にあるというのに、ヘルトに襲いかかる者はひとりもいない。ただ一度だけ、ある質問が響いた。

「あなたは、われを忘れたのですか?」発言した直後にその者は倒れ、宇宙服がうめくような音をたてて崩壊する。

いや! ヘルトは思考で叫ぶ。われを忘れたんじゃない。わたしは自分自身のことしか考えていなかった。わたしは〝きみたちを〟忘れたのだ!

ヘルトは宇宙服のなかで硬直した。もうなにも動かすことができない。まぶたさえ、脳が神経を通じて筋肉に伝える命令にしたがわないのだ。

まもなく起きるにちがいないことを、かれは知っていた。マイナス宇宙への墜落だ。

これまで観察してきたなによりも、ずっと速く進むだろう。

宇宙空間を外側から観察できなくとも、変化を感じた。突然、司令室の景色がゆがむ。それはもう、慣れ親しんだ三次元映像ではない。さらに寒さが増して、いつしか思考が永遠の眠りにつく。グンナー・ヘルトはシートの前で立ったまま、凍りついた。眼窩の眼球は反応しない。やがて刺激が訪れ、不可解な壁に衝突した。それは、通常宇宙と絶対零度マイナス九百六十一度の異宇宙を隔てる壁だった。

7

「かれら、グルウテを停止させました！」

アニン・アンの興奮した声が聞こえた。だが、カッツェンカットはこれに反応しない。相手がトランスフォーム砲を投入したいなら、するがいい。空間エレメントを長いあいだ停止させておくことはできない。だれにも不可能なのだ。

カッツェンカットは、からだのまわりにこしらえたバスタブに横たわった。適量なエネルギーのおだやかな流れが青白いからだに流れこみ、さらなる活力をあたえる。この船は、望めばおのれを強くしてくれるのだ。同時に、船が頭上にスクリーンを出現させた。これにより、二百の太陽の星近傍の出来ごとを、まるで《理性の優位》のすぐ前でくりひろげられているかのように観察できる。空間エレメントが停止したのには、ほかに原因があるとわかった。

ヂャンのせいだ。

「とめろ！」カッツェンカットがふたつの口でそう告げると、からだに注がれるエネルギーの流れをコンピュータがとめた。バスタブが消える。こんどは横になるためのベッドを要求。「じゃまをするな、1＝1＝シルシュ」カッツェンカットはアニン・アンにそう命じると、ベッドにからだを横たえ、すべての感覚を閉じこめる。たちまちゼロ夢に落ち、精神が肉体からはなれた。

《理性の優位》をはなれ、出来ごとの現場に急ぐ。思ったとおりだ。

仲間の一部を失ったせいで、ヂャンが暴れまわっている。精神エレメントを敵船のなかに送りこもうとして使ったトリックが機能しなかったのだ。おまけに、相手の船はもう二百の太陽の星近くにはいない。いまなおグルウテのなかにいるすべてのヂャンは荒れ狂い、その悪意をすこしずつ放出している。空間エレメントは悪意に対する防衛に集中しなければならず、それにより作動停止していた。

〈話を聞け！〉カッツェンカットはテレパシーで告げた。〈ただちに態度をあらため、理性をとりもどすのだ。さもないと、きみたちを排除しなければならない。いま、あまりに多くのことが危険にさらされている！〉

ヂャンは聞く耳をもたない。それでもしだいに、手に負えない状態がおさまっていく。やがて、みずから口をひらいた。

〈報復を！〉ヂャンが要求する。〈兄弟の報復をしてください！〉

カッツェンカットは精神エレメントに復讐を約束した。すると、ヂャンは引っこみ、しずかになる。とうとう、ふたたびグルウテがあつかえるようになった。

指揮エレメントはしばらくのあいだ、前衛をつとめるGAVÖKとポスビの部隊をグルウテが攻撃するようすを観察した。敵ははげしく抵抗し、空間エレメントと自分たちとのあいだに、まさにカーテンのようなエネルギー・バリアを展開する。とはいえ、これはグルウテを長くとどめおくことはできない。

カッツェンカットの意識が肉体にもどった。からだを起こす。短い旅とはいえ、いくらかのエネルギーを必要とした。だが、再生作業の必要はない。1＝1＝シルシュと連絡をとり、

「報告しろ！」と、要求する。「サコダーはどうなった？」

「ちょうどいま、作業を開始したところです。すぐに効果を感じられるでしょう。活性コード化された六次元放射は、問題なくはなたれます！」

カッツェンカットは満足した。《理性の優位》に対するたった一隻の無鉄砲な攻撃など、とうに忘れている。冷気エレメントのほんの一部を呼びよせ、この船をマイナス宇宙に墜落させるには、テレパシーによる短い呼びかけだけで充分だった。きらめく雲は指揮エレメントのじゃまをしないよう、ふたたび遠のいた。

「グルウテには倍の働きをしてもらわなければ」指揮エレメントがアニン・アンに告げた。GAVÖKとポスビの船団すべてを二百の太陽の星近傍から撤退させるつもりなの

だ。《マシン八》がはなつ放射がすべての船をとらえるように。

そうなれば、二百の太陽の星を手中におさめたも同然だ。

8

トルムセン・ヴァリーにとり、指揮下の〝徒党〟をまとめるのはひと苦労だった。大規模な防衛部隊に属する個々の艦船のポジションはほとんどつねに変化する。部隊が一方向にしか退却できないことがないよう、空間を確保するには、作戦行動を瞬時におこなわなければならない。

《ネスヴァビア》が失踪し、ヴァリーは胃が縮む思いだった。ヘルトが独断的行動に出たのだ。船は突然、隊列をはなれ、一瞬加速すると、リニア空間に消えてしまった。探知により、これまで注目されていなかった《マシン八》付近の一小型船を攻撃したとわかる。その後、冷気エレメントによってマイナス宇宙に連れさられた。いまもなおヴァリーの耳から、女副長の言葉がはなれない。

「あのおろか者、とうとう、われを忘れたわ！」彼女はそう叫んだもの。

〝徒党〟の全艦船と連絡がついた。通信はとぎれがちで、一部はくりかえされなければならなかったが。《アノン＝ホット》はすぐ近くを飛んでいる。《イツィ・デュユル》

と《ニルミト・ヴァイ》は、フラグメント船の群れに守られるかのようにかこまれ、身動きがとれない。《クエルメンソル》は防衛線の最後尾にいる。二百の太陽の星の大気圏のすぐ近くに押しやられ、ましなポジションをもとめて奮闘していた。外に抜けだすための隙間も見つからないらしい。《クルクスク》と《ガルケン》は、いつのまにか前線の最前列に位置し、攻撃をしかけてくる空間エレメントにトランスフォーム砲を見舞っていた。

敵の攻撃はまだかわせるほどだが、ヴァリーは確信していた。グルウテはまもなく兵力を増強し、進撃してくるにちがいない。その数はあまりに多すぎて、トランスフォーム砲で押しとどめることも、撃滅させることもできまい。そのうちいずれか一体が過負荷になれば、すぐに宇宙船に襲いかかり、これを道連れに爆発し、破滅させるだろう。さらなる成果が期待できる武器がもうひとつある。すなわち、重力爆弾だ。その効果は潰滅的といえる。とはいえ、ほとんどの船はかぎられた数しか搭載しておらず、ポスビのフラグメント船にいたっては、そもそもその手の武装はしていない。

「会議回線に切りかえるのだ！」《ジャイアント》船長は要請する。「ともかく、ようすを見てみよう！」

警報が鳴りひびく。フラグメント船の間隙を縫うように近づいてくるちいさな岩塊に、だれも気づかなかった。ポスビの目さえ、これを見逃した。岩塊が球型船の防御バリアに触れたため、コンピュータが警報を出したのだ。調査の結果、一瞬、バリアが不安定になったとわかる。

数分後、最初の故障報告が入る。ヴァリーは突発事故の規模を見きわめた。ヂャンが《ジャイアント》に侵入し、荒廃をもたらしたのだ。ここまでのすばやさに、船長はおののいた。

こうなったらアンティ二名の出番だ。そのメンタル放射にヂャンが耐えられないことは、わかっている。アンティと出くわし、たちまち逃げだしたのだから。

「ネチョ＝ロルとフロル＝ハルに告ぐ。船の外縁区域に向かってくれ！」指揮官は全船放送でそう告げた。「幽霊を船から追いだすのだ！」

五分後、破壊活動がとまった。アンティが神経を集中させ、精神エレメントを追いはらったのだ。

これでようやく、トルムセン・ヴァリーは作戦を提示できるようになる。計画はすぐに同意を得られ、あらたに防衛線内の部隊が惑星をかこむようにならんだ。GAVÖKが前線を引きうけ、重力爆弾の威力で宇宙空間を震わせる。

実際、グルウテの進撃はようやくとまった。それどころか、数体が撤退しはじめる。複数の船がそのあとを追い、一斉砲撃によりT字形構造体のひとつを過負荷にし、爆発させた。グルウテの一体が道連れになるが、こちらはどの船にも被害はなかった。遠くはなれていたから。

「ようやく、ここまできたぞ！」ヴァリーがささやいた。

突然、周囲の宇宙がからっぽになった。ヴァリーは混乱して、探知装置を見る。そこからスクリーンに目をうつすと、防衛線が消えていた。梯形陣を組む防衛前線は、すかすかだ。これはありえない。

「ヴァリー！」モルケンシュロトがモニターにあらわれた。「どうした？　これはどういうことだ？」

「わたしにもわからない！」《ジャイアント》船長は理解できない。

「ポスビだ！　ポスビのようすが変だぞ！」超重族が声をとどろかせた。「どうにかしてくれ！」

フラグメント船が四散しはじめたのだ。無数の外殻構造物を持つ箱形船の一部が、まるで操縦機能を失ったかのように、あてもなくさまよっている。またほかの船は、どんな航法士も思いつかないような不合理な飛びかたをしていた。あるいは、架空の敵を砲撃し、そのさい同胞やGAVÖKの船を危険にさらす船もある。おまけに、かれらは通信による呼びかけにまったく応答しない。

トルムセン・ヴァリーは不安をおぼえた。いやな予感がする。ふたたび、GAVÖK部隊のほぼ五千隻に呼びかけた。

「ポスビがなにをしても反応するな」と、肝に銘じさせる。「われわれは、重力爆弾による攻撃をつづける！」

さらに多くのフラグメント船が、同盟者をまさしく見殺しにして撤退していく。ふたたび、モルケンシュロトから報告が入った。中央プラズマに接触を試みたが、うまくいかないという。ハイパーインポトロニクスは最初、いまは時期が悪いと告げたらしい。その後、完全に沈黙したそうだ。

ヴァリーもまた接触を試みたが、失敗に終わった。

すると、エルトルス人を決定的に混乱させることがさらに起きる。退却したのはフラグメント船だけではなかった。空間エレメントもまた戦場をはなれたのだ。大急ぎで、銀河間の空虚空間に向かって疾駆していく。

これを見たトルムセン・ヴァリーは、目が飛びださんばかりに驚いた。敵が撤退した原因を探す。銀河系種族の巨大船団がきたのか？　いや、宇宙空間はからっぽだ。コスモクラートのすぐれた兵器が投入された？　いや、重力爆弾の影響のほかにはなにも計測されていないし、その影響が原因ではありえない。探知装置がしめした唯一の手がかりは、ここから七光年はなれたポイントに位置する《マシン》船と、その隣りの小型船だけ。この船が《理性の優位》だろう。

いまだにフラグメント船は、いかなる呼びかけにも応じない。ポスビたちは死んだのか。あるいは、死んだふりをしているのか。

「退却だ！」トルムセン・ヴァリーが命じた。「二百の太陽の星の大気圏のすぐ近くまで退却する。そこで不快ななにかが起きている。ハンザ・スペシャリストに連絡がつくか？」

スタリオン・ダヴにも通信がつながらない。つまり、本部にいないということ。

「トルムセン」と、モルケンシュロト。「誓っていうが、背後に《マシン》がかくれているにちがいない！」

《ジャイアント》船長は重々しくうなずいたが、もはやどうしようもなかった。いまのところは待つしかないのだ。ポスビの異常行動はまだおさまらない。ひょっとしたらロボットたちは、あとになっても、なんの影響を受けたかさえ、いえないかもしれない。

トルムセン・ヴァリーは最悪の事態を覚悟した。

＊

わたしは幽霊を見ている！　頭がおかしくなったにちがいない！　スタリオン・ダヴはそう自分にいいきかせ、椅子を揺らしながら、スクリーンに流れる映像を見つめた。こちらの依頼により、中央脳がまとめたものだ。

ハンザ・スペシャリストは思いをめぐらせた。万一、宇宙における防衛が失敗した場合、地上防衛はどうなるのか。

惑星周辺の防衛部隊を攻めたてた空間エレメントと精神エレメントだけが脅威ではない。さらなる危険は、二百の太陽の星にますます近づいてくる冷気エレメントだ。とどまることなく、迫ってくる。つねにあらたな雲が空虚空間に実体化し、その距離は顕著に縮まっていた。雲は結合し、銀河イーストサイドをかこむベルトにつづく。

ダヴにはわかる。これは、本当の意味での危険だ。冷気エレメントはこの状況を利用して、惑星に接近するだろう。

《ラス・ヴェガス》の運命が、ハンザ・スペシャリストの自信を揺るがしていた。重ハルク船は、M－13に帰還する途中、冷気エレメントに近づきすぎたのだろう。あるいは、リニア空間を出て次の飛行準備中に、予想外の場所で遭遇したのか。

冷気はさらにどこでひろがっているのか？　銀河系からはなにもあらたな情報はとどかない。GAVÖKの伝令船ももどってこないし、イーストサイドにおけるここ数週間の出来ごとについては、ごく表面的なことしか知らないだろう。

「ブルはきっと、完全にわたしを信じているにちがいない」スタリオン・ダヴは後悔に打ちひしがれたようにささやいた。ブルに会ったなら、どっと泣きだしてしまいそうだ。意気消沈し、椅子に腰をおろすと、賢明な防御の可能性について、さんざん頭を悩ませる。どうすれば二百の太陽の星を熱の楯でかこみ、冷気エレメントから救うことができるだろうか。

解決策は見つからない。重力ローターによって軌道に人工太陽を設置する方法のほかには。だが、それにはもう遅すぎる。二百の太陽の星とその住民の未来は、いまだかつてないほど不透明だった。

《ラス・ヴェガス》の乗員は、なかば凍りついた状態で難破船のなかに実体化し、人工太陽に激突した船とともに燃えつきた。即死だったのだろう。ダヴは、かれらがほんのすこしうらやましい。いま防衛者たちの身に降りかかっている苦難を、経験する必要がなかったわけだから。

ハンザ・スペシャリストはヴァリーとモルケンシュロトの成功を祈った。冷気エレメントさえなければ、勝算はある。そのことを考えると寒気がした。チョルトの事件についてのヴァリーの報告を知っているから。ダヴは何度もそっと周囲を見まわした。どこかに、ちいさなきらめく雲が出現し、惑星内部に手を伸ばしていないだろうか。

スタリオン・ダヴは思った。自分にもフランクリン・デミルのような図太い神経があればいいのに。シガ星人はすでにふたたびヒュプノ装置の下に横たわり、おのれのライフワークにそなえている。ポスビの精神のなかに入りこみたいという思いつきが、固定観念となってしまったらしい。

破壊された惑星ランドⅠのプラズマは、知性を持つ巨大凝集体だったが、それだけの話だ。ところが中央プラズマは、ポスビのプラズマ成分を完璧に凝縮させて有機知性体レベルにまで高めることに成功した。プラズマと半有機神経索を通じて接続したロボット・ポジトロニクスとの相互作用により、ポスビを自立した知性体とみなすこともできる。

ポスビをGAVÖKの正式メンバーとして認めようという動きがすでにあったことを、ハンザ・スペシャリストは思いだした。中央プラズマもオブザーバーとして参加し、長い議論がおこなわれたすえ、結局この問題は白紙にもどったのだったが。たとえこぶし大のプラズマ塊があっても、ロボットから完全な有機知性体をつくるのは、まだまだ長い道のりなのだ。

スタリオン・ダヴは、椅子から立ちあがった。スクリーンをじっと見つめていると、いらいらしてくる。会議室をはなれ、搬送ベルトに乗った。そのまま地下通廊を進み、ハイパーインポトロニクスがある領域に運ばれる。護衛のポスビはすでに追いはらった。エネルギー・バリアが不可視のカーテンとなって通廊をふさいだが、ダヴを認識すると、ようやく消えた。このときすでに、ベルトによってバリアの直前まで運ばれていたので、跳びおりようとして、片足を前に出す。そのとき、グリーンの制御ランプが光るのに気づいた。

そのままベルトに運ばれ、一キロメートルほど進むと、巨大施設の辺縁区域に到達。

施設のほとんどが地下にある。任務に専念するロボットの姿がいたるところにあった。一見すると不合理に見えることをしているのもいるが、じつは役にたつ作業なのだ。

ロボット数体がダヴの到着に気づき、副制御室にこれを知らせる。そこから、人間に似た一ポスビが送られてきた。

「スタリオン・ハンザ」ポスビが声をかけた。「タイミングの悪いときにきましたね。ハイパーインポトロニクスは、あなたを助けることはできません」

「もうこれ以上、手をこまねいていたくないんだ」ハンザ・スペシャリストはそう応じ、禿頭(とくとう)をなでた。「船に乗って出かけていればよかった！」

「あなたには、本当にいまはなにもできません」ポスビが確認するようにいう。「このようなとき、人工太陽技師は無用です。鐘の音が聞こえるでしょう？」

最後の一文でいささか声の調子が変わった。スタリオン・ダヴはからだをこわばらせ、眉間にしわをよせる。鐘だと？　たぶん、聞き違いだろう。二百の太陽の星には、どこにも鐘はない。

「いや」慎重に答えてみる。

「聞こえますよ。まったくはっきりと。向こうのほうから！」ポスビはそう告げ、背後をさししめした。「ハルト人の教会塔の鐘です。非常に信心深い、愛すべき種族です」

スタリオン・ダヴは、慎重に数歩あとずさりした。ポスビがしつこく迫ってくる。

「きみのいうとおりかもしれないが、わたしには聞こえない」

「ならば、耳が遠いのですね。診察させましょう。かんたんな手術で……」

スタリオン・ダヴは、走って逃げだした。百メートル先でようやく振り返る。ポスビは、あとを追ってこない。とうにそこにはいないはずのダヴと、いまだに同じ場所で話しつづけていた。

あのロボットは変だ。ポジトロニクスに不具合が発生したか、あるいはプラズマが損傷したのだろう。

ハンザ・スペシャリストは、なにかを修理しているポスビに行きあたりばったりに声をかけた。

「通信センターに案内してくれ」と、告げる。「ハイパーインポトロニクスと話があるのだ！」

ロボットはダヴを無視した。これもまた異常だ。ポスビは惑星への訪問客に対してつねに丁重に接し、あらゆる要望に応えるものだが。

「ニワトリに餌をやらなければ」しばらくして、ポスビがいった。「わたしにかまわないでください。さもないと、あなたを餌にしますよ！」

そう告げ、腕を伸ばしてくる。スタリオン・ダヴはふたたび先に進むことにした。ここ、ハイパーインポトロニクスの辺縁区域では、なにかおかしなことが起きているようだ。独力で探すことにする。周辺には転送機しか見あたらないので、これを利用すると決めた。プラズマ・パーツを持たない純粋なマシンだから。目的地を選び、施設中枢に向かった。そこなら、利用可能な通信センターが充分にあるはず。

再実体化した場所は、興奮したロボット集団のまんなかだった。ロボットたちはあてもなくぶらつき、ときおり金属のこぶしや触手アームで殴りあっていた。たがいに相手を倒すと、まるでスイッチを切られたかのように、横たわったまま動かなくなる。

ダヴはなんとかロボットを押しわけて進み、通信コンソールを見つけると、スイッチを入れた。ハイパーインポトロニクスのシンボルがあらわれる。

「こちらはスタリオン・ダヴ！」と、あえぐように告げた。「なにが起きた？　ロボットが狂ったようなふるまいをしているぞ！」

「子供たちが？」スピーカーから応答がある。「すべては順調だ、スタリオン・ハンザ。心配いらない……心配いらな……心配……」

中央脳は黙りこみ、それ以上なにもいわなくなった。ダヴの胸のシグナル・ディスクが熱を帯び、シグナルの過負荷により、たちまち燃えるほど熱くなる。ダヴは急いでコンビネーションのマグネット・ファスナーを開けると、ディスクの紐をつかんで頭の上に引っ張りあげ、高い弧を描くようにほうり投げた。胸には赤い痕が見られる。軽いやけどだろう。ディスクは床のすみに落下し、さらに明るく燃えあがると、鋭い音をたてながら砕け散った。

ダヴは蒼白になる。ようやくいま、自分がどのような致死的装置を頸にかけていたのかを知ったのだ。ディスクは中央プラズマから緊急時に警告を受けるためのもので、どのハンザ・スペシャリストも、二百の太陽の星に滞在中は携帯している。モルケンシュロトもきっとそうだ。ひょっとしたら、ギルプも。

老ブルー族のことが頭に浮かび、一瞬、気がそれた。ギルプは姿をくらましている。いまごろ、どこかで震えているだろう。あの高齢では、戦闘に関わりたくないのも無理はないが。

シグナル・ディスクは粉々に吹きとんだ。つまり、中央プラズマが深刻な危機にあるということ。ポスビの奇妙な行動も、ハイパーインポトロニクスの支離滅裂な発言も、すべてそれをしめしている。こうしてダヴは唯一の結論にいたった。

深刻な事態だ。二百の太陽の星に対する決定的な攻撃がはじまったということ。スタリオン・ダヴは中央プラズマのドームに行くため、必死に転送機を探した。だが、見つけたものはすべて機能せず、一部は安全装置自体が壊れていた。

冷気エレメントが中央プラズマの領域に侵入したのだ。二百の太陽の星も、もうおしまいだ。

ハンザ・スペシャリストは地表への出口を探した。そのさい、悲鳴や金切り声をあげながら通廊を駆けていくマット・ウィリー数体に出くわす。最後の瞬間、ようやくかれらはこちらを見た。ダヴは一行を引きとめ、大声で話しかけた。

「なにがあったのだ？　くわしくわかるか？　中央プラズマになにがあった？」

「おかしくなりました」マット・ウィリーが金切り声で応じた。そのからだが、絶え間なくかたちを変える。制御できないのだ。これで、興奮状態にあるのがはっきりわかる。

「不可解です。まったく謎です。まさに恐ろしい！」

　そのうちの一体が、わずかに形状を安定させ、告げた。

「アルコールをこよなく愛した、いまは亡きパーナツェルにかけて、なにがあったのか、われわれにはわかりません。ただ恐いのです！」

　これを証明するかのように、マット・ウィリーたちはふたたびかたちを変え、シュレックヴルムのミニチュア版になると、大きくジャンプしながら遠のいていった。

　スタリオン・ダヴはマット・ウィリーたちを見送ったが、現在位置を見きわめようと動きはじめ、一行のあとを追う。すると、一浮遊機が見つかった。これで地表に向かい、外縁地区に到達。ここでは混乱がすくないようだ。すくなくとも標識灯が点灯しているので、方向の見当はつく。

　いたるところで、動かなくなったポスビが見えた。歩行中に、あるいはほかの動きの最中に硬直したようだ。なかには、そのさいバランスを失い、転倒した者もいる。あるいはたがいに重なりあうように倒れている。どこかでショートしたのか、ポスビ数体が赤く輝き、過熱しはじめた。

燃えあがらないように、ダヴはそれらのポスビを消火泡でつつむと、先を急いだ。中央脳がいる区画のはずれで、浮遊機を着陸させる。中央プラズマにコンタクトを試みるが、徒労に終わった。もう応答はない。ダヴは携行ブラスターを調達すると、先に進んだ。

二百の太陽の星の地表にはなにも動くものはない。防衛部隊との通信連絡もつかない。いたるところで、ロボットが彫像のように立ち、プラズマ・ドームの防御バリア直前まで埋めつくしていた。ダヴは着陸場所を見つけるのに苦労する。

オクストーン人は、彫像を押しわけて一エアロックまで進み、個体コードを発信した。だが、エアロックの自動装置は反応しない。防御バリアもそのままだ。これでは、プラズマまでたどりつけやしない。

そのとき、一体のマット・ウィリーに出くわした。とりわけおびえているようすだ。

ダヴは、その疑似脚をしっかりとつかみ、たずねた。

「ルッセルウッセルを見なかったか？　かれはどこにいる？」

「いいえ、知りません」マット・ウィリーはただ不安げな泣き声をあげ、はげしくダヴの手を振りほどいた。大声で叫びながらポスビのあいだにまぎれこむと、森に向かって平野を横切っていく。

いまこそ、フランクリン・デミルがここにくるべきだろう。いつまでもつづくヒュプノ訓練を中断し、ようやく生産的貢献をするときだ。ロボットになにが起きたのかを突きとめ、正常にもどす努力をしてもらいたい。

ポスビたちは嘆いているのか？　中央プラズマが死んだせいで、スイッチを切ったのか？

スタリオン・ダヴはぞっとした。その結果はあえて想像せず、ポスビのあいだを探すように歩きまわる。だが、質問に答えてくれる者は見つからない。

ハンザ・スペシャリストは、ハイパーインポトロニクスのところにもどることにした。みずからルッセルウッセルとフランクリン・デミルを探そう。たとえなにもできないとしても、すくなくともこの可能性に賭けたい。

ここ、死んだロボットが埋めつくす大地から、はなれたいのだ。大地をおおう沈黙が墓地の静寂を思いださせ、心を締めつけた。クロノグラフを見る。半時間をむだにしてしまった。そのあいだずっと、ロボットは動かない。

スタリオン・ダヴは浮遊機までもどった。そこで突然、死ぬほど驚いて身をすくませる。冷たい手が肩に触れたのだ。

ポスビが動きだしていた。ふたたび生命を宿してからだの向きを変え、あらゆる方向にレンズを向けると、スタリオン・ダヴをじっと見つめる。ハンザ・スペシャリストは、その目に隔たりと拒絶があらわれているような気がした。

「中央プラズマはどうなった？」言葉がほとばしりでる。「なぜ、きみたちは硬直していたのか？」

ロボットはさらにせわしなく動き、ハンザ・スペシャリストと浮遊機をとりかこむようにじりじりと迫ってくる。ダヴは本能的にあとずさりした。背中に浮遊機の外壁が当たるのを感じる。

ポスビの発した答えは、スタリオン・ダヴの漠然とした記憶をよみがえらせるものだった。突然、理解する。中央プラズマは死んでいないし、冷気エレメントに攻撃されてもいない。

それよりはるかにひどい状況だ。スタリオン・ダヴは浮遊機に跳び乗ると、ロボットの手のとどく範囲から抜けだした。

「きみはほんものの生命体か？」──ポスビが脅すような低い声をあげてたずねた。仲間たちもこれにくわわる。

「きみはほんものの生命体か？」

＊

《ジャイアント》船長は聞いた内容が信じられず、ふたたび機能するようになった通信を二回も確認した。ポスビの船は、無意味な行動をやめている。二百の太陽の星周辺では、フラグメント船が小部隊を形成し、大気圏すれすれを飛ぶGAVÖK船五千隻との距離を詰めていった。

「きみらはほんものの生命体か？」ポスビがGAVÖK部隊の全艦船に宛てた質問が響きわたる。「答えよ。きみらはほんものの生命体か？」

トルムセン・ヴァリーは耳をそばだて、シデルギト・マンチェンは豊かなポニーテールを振った。ファレン・カソムは、大きな岩塊が転がるような音を発する。腹が鳴ったのだ。何時間も食事をとれずにいるから。

「どういう意味だ？」カソム家の末裔は声をとどろかせた。「もちろん、われわれはほんものの生命体だ！　さもなければ、なんだというのだ！」

ヴァリーはこれを受け流した。スクリーンにうつるモルケンシュロトの頭が揺れている。超重族はとほうにくれたように、声を響かせた。

「ロボットたち、頭がおかしくなったか？　なんのまねだ？　〝ほんものの生命体〟とはなんのことだ？」

全ポスビ船がいまもなお同じ質問を投げかけてくる。惑星の地表からも通信メッセージがときどき、ハイパーインポトロニクスがGAVÖK船にたずねてきた。

「きみらはほんものの生命体か？　さらなる協力関係のために、この質問にはただちに、かならず答えてもらいたい！」

「頭がおかしくなったのではないさ、モルケンシュロト」と、ヴァリー。「これは昔の話に関係があるのだ。ポスビが発見されたときのこと！」

「なんの話かさっぱりわからない」超重族がうなるように応じた。「ポスビは昔から存在したのではないのか？」

「存在したとも。だが、われわれの宙域にではない。手短に説明しよう！」

トルムセン・ヴァリーは銀河系の歴史に精通していた。〝きみらはほんものの生命体か？〟という質問は、二一一〇年ごろ全銀河系を恐怖におとしいれたもの。当時まだ憎悪回路の影響下にあったポスビが銀河系に突撃してきたときのことである。

ロボットの最初のシュプールは二一一二年、惑星メカニカ……M－13から五万一千光年はなれた銀河間空間にある非常に年老いた赤色恒星アウトサイドの、三惑星のうち二番め……で見つかった。メカニカは不可視の種族ローリンとの戦いのさい、人工核火災の犠牲となり、その二年後、アウトサイド星系の第一惑星サプライズもポスビ船の爆発により破壊される。テラナーは当時、ポスビについて重要な情報を得た。惑星メカニカにはかつて住民がいたのだ。すでに三万年前に絶滅していたが、かれらがローリンに脅されてポスビのポジトロン構成要素をつくり、つねにすぐれたマシンを供給しつづけたのだという。

インポトロニクスに内蔵された憎悪回路は、ローリン以外のあらゆる有機生物に対する憎悪をポスビに植えつける役割をはたした。ところが、ローリンはプラズマの知性を過小評価していた。その結果、ポスビは不可視の者に反旗をひるがえし、ようやく銀河系のはずれまで逃げこむと、当時まだ生きていたメカニカ人の助けにより、空虚空間に大規模な基地を構築したのだ。

数千年後、ポスビとローリンはあらたな出会いをする。メカニカ人によってプログラミングを書き換えられた憎悪回路は、当時すでにローリンのみを敵としてみなしていた。この回路の呼びかけで、ポスビは不可視の者と激戦をくりひろげる。とはいえ、プログラミングの書き換えは完全には成功していなかった。ローリンによって開発されたプログラミングもまた作用したため、ポスビは銀河系住民に対して攻撃するよう強いられたのだ。

ペリー・ローダンは、この憎悪回路を破壊し、ポスビと銀河系諸種族の友好関係を築くことに成功。つづく二千年間のうち、騒動が起きたのは二回だけだ。一度めは大群禍のさいで、太陽系艦隊の一大佐が正気を失い、そのミュータント能力を用いて中央プラズマを支配下におさめた。当時、イルミナ・コチストワがこれを解放したもの。二度めの事件は、旧暦三五八七年に勃発した。プロヴコン・ファウストから発せられた〝マルゴルの大波〟に影響を受けた中央プラズマが、二百の太陽の星にいるテラナーを望ましからざる者とみなしたのだ。だが大波の消滅により、テラナーはふたたび歓迎されるようになる。

それ以来、現在にいたるまでポスビとはいかなる問題も生じていない。二一一二年から二一一四年に起きた出来ごとについていえば、いまものこるのは、当時すでに超新星爆発の段階にあった恒星アウトサイドのみ。

「以上が、話しておくべき最重要事項だ」ヴァリーがそういって締めくくる。

「そして〝エレメントの十戒〟が憎悪回路を復活させたわけか」モルケンシュロトがたしかめるようにいった。「ポスビの反応が、それを証明している」

トルムセン・ヴァリーは探知装置を見つめた。確認できる。グリーンの小型船のエコーがより鮮明になっていた。二百の太陽の星に接近している。

この出来ごとに《マシン》あるいは小型船が関係しているのは、疑問の余地がない。

「銀河系にこの危険について警告しなければ!」ヴァリーがただちにいう。「船を一隻、向かわせよう。フェルト星系付近にいるポスビ船団のことを考えたなら……ブルー族にとり、致命的な脅威になるだろう!」

「包囲されました」と、マンチェン。「ほとんど完全に。そろそろ呼びかけに答えなければ！」

《ジャイアント》船長は大きく咳ばらいした。〝徒党〟の艦船はすべて集まっている。これがヴァリーに最低限の安心感をあたえた。

シデルギトの要求は問題をともなう。ポスビの質問に答えるのは不可能なのだ。否定すれば、ポスビがこちらを排除するか、すくなくともそうしようと試みることを覚悟しなければならない。肯定すれば、ロボットはこれを確認しようとするだろう。過去の経験によれば、それはただネガティヴな結果になるだけ。のこる選択肢は、いかなる回答もしないことだが、これもまた結果は明らかだ。

トルムセン・ヴァリーはひらめいた。

「通信内容を、そのまま相手に投げ返すのだ！」部隊の艦船に指示を出す。「ひょっとしたら、これがポスビを混乱させるかもしれない」

各艦船がこの指示にしたがった結果、数秒後にはポスビが呼びかけをやめ、フォーメーションを組んで攻撃してきた。

最悪の事態だ。トルムセン・ヴァリーはフラグメント船の作戦行動と、そのさいに生じた隙間を観察。二百の太陽の星の大気圏まで撤退するよう、全艦船に命じる。

最初、ポスビはこの作戦に船載兵器のはげしい砲火で応じた。だが、これが大気圏を損なうとわかると、砲撃を中止。交互に船をあいだにはさみ、空虚空間に移動させることで敵を追いはらおうとする。

トルムセン・ヴァリーはこれを待っていた。部隊が速度をあげる。生じた隙間から、船五千隻が空虚空間に飛びだし、たちまち二百の太陽の星から遠ざかった。ポスビがこれを追いかけるが、まもなく追跡をやめ、中央惑星周囲に防壁を形成する。

《ジャイアント》船長は、なにかうさんくさい気がした。モルケンシュロトも、これほどかんたんに逃げられるとは思わなかったらしく、

「この裏にはなにかあるな」と、主張する。

ほとんど同時に、二百の太陽の星のまわりに冷気エレメントの大きな雲が実体化した。惑星までの平均距離は一光時。あらゆる方向から近づき、たちまちひろがっていく。その目的は、中央惑星のまわりに不透過性の球体を形成することにちがいない。同時に、ポスビが攻撃を再開した。

「撤退！」トルムセン・ヴァリーが叫んだ。「二正面戦争などまっぴらだ。消耗するだけ！」

まだ隙間はあった。《ジャイアント》がいちばん大きな隙間に向かっていく。〝徒党〟もこれにつづき、安全宙域に陣をうつした。

「われわれが退却を援護する、モルケンシュロト！」エルトルス人が叫ぶ。「早く、中央を通って出るのだ。全艦船、最大限に加速！」

だが、爆発的にひろがっていくエレメントを前に、もはや部隊の艦船の多くは安全な場所に避難できない。そのようすをヴァリーは、なすすべもないはげしい憤りをおぼえながら見つめる。艦船はきらめく雲のゾーンにおちいり、たちまち襲われた。もう助けることができない。ポスビがフラグメント船を雲と部隊のあいだに割りこませたせいで、牽引ビームが使えないのだ。

最初の数隻がマイナス宇宙に墜落。突然、探知から消え、二度とあらわれることはなかった。このとき、ポスビの通信メッセージがふたたびとどいた。

「きみらはほんものの生命体か？」

ヴァリーは怒りにまかせ、通信装置の停止ボタンをこぶしでたたこうとした。だが、すんでのところで、モルケンシュロトと連絡をとる必要があったことに気づく。急いでこぶしを引っこめた。

「急げ！」その声は艦船のいたるところで響く。「数秒を争う問題だ！　銀河系へ逃げろ。ブルとティフラーの連合にくわわるのだ！」

切り株から出る昆虫のように、GAVÖK船が群れをなして罠から脱出する。数隻がポスビのすさまじい攻撃から身を守るために大型兵器を投入し、フラグメント船を破壊した。

ヴァリーは数える。二千隻がすでに外に出た。そのまま退却し、安全距離をたもって集まっている。その数は、二分後には三千隻、さらに四千隻になるだろう。

「きみも行っていい！」突然、モルケンシュロトが叫んだ。「わたしがきみのポストを引き継ぐ！」

「一隻もとまるな」ヴァリーが歯を食いしばっていう。「さもないと、一発くらわせるぞ！」

モルケンシュロトは黙ったままだったが、エルトルス人は、転子状船のエコーがそばを通りすぎるのを見た。きらめく雲の合間に消えていく。

二百の太陽の星周辺には、まだ六百隻のこっている。雲はますます成長していた。隙間はしだいにせまくなり、もう存在しないところもある。

「急げ、急ぐのだ！」ヴァリーが命じた。「〝徒党〟は最後に！」

トプシダー艦の一隻が、フラグメント船百隻に攻めたてられた。包囲網から逃れられず、ロボットの集中砲火を浴びて爆発する。

トルムセン・ヴァリーは腰をおろし、緊急自動装置のついた肘かけをつかむ。指の関節が白く浮きでた。のこりすくない隙間に突進していく船は、あと数十隻だけだ。

探知装置がけたたましく鳴った。スクリーンには、はっきりしたふたつのリフレックスがうつる。《マシン》とともに、グリーンの船がきたのだ。それは、直径七十六キロメートルの巨大船のそばで、ちっぽけにうつる。冷気の雲からわずか数光分はなれたポイントにくると、ふたつの構造体は相対的に静止した。

すぐそこに、敵がいる。打ち負かすことのできない相手だ。グンナー・ヘルトの奇襲が証明している。虚無からきらめく雲が生じ、《ネスヴァビア》をのみこんだのだった。この惑星上空には、たくさんの冷気の雲がある。

ヴァリーはしばし考えた。《マシン》を攻撃するか、すくなくとも小型船を破壊してやろうか。とはいえ、そのためには〝徒党〟のすぐ近くの開口部を無視して、べつのコースをとらなければならない。それは、まだのこっているほとんど唯一の隙間なのだ。最後の数隻が、たったいま脱出に成功し、隙間を通って消えていく。〝徒党〟もすでに速度をあげ、同様に隙間から外に出た。《ジャイアント》が最後の船だ。

「やるか?」《クエルメンソル》に乗るスプリンガーの族長クエルメンソルがたずねた。

「いや!」ヴァリーが応じる。本当は攻撃したくて、うずうずしていたのだが。

それは破滅のもとになるだろう。復活した憎悪回路をもとにもどすという考えも、大胆すぎる。とはいえ、船をべつのコースに向かわせてもいい。それでもなお、リニア空間による緊急飛行をプログラミングできるだろう。

ところが、すでに手遅れだった。緊急自動装置さえ、もう役にたたない。たちまち、冷気エレメントのさらなる雲が実体化したのだ。すでに袋のかたちをしている。〝徒党〟の七隻はさらに速度をあげて罠に飛びこむことになった。その背後で袋が閉じ、球体と化す。

「ちくしょう！」ヴァリーが悪態をついた。その手が緊急自動装置に触れ、船載ポジトロニクスが、ほとんどただちにリニア飛行を実行する。光速の十五パーセントで、《ジャイアント》はアインシュタイン空間をはなれたが……障害に衝突。頑強な防御バリアがなければ、球型船は引き裂かれていただろう。船はただ揺れはじめただけだが、それから一瞬、衝撃吸収装置に二百パーセントの負荷がかかる。《ジャイアント》も〝徒党〟のほかの六隻も、アインシュタイン空間にもどされた。どの船もリニア飛行をためしたが、一隻も成功しなかったのだ。

せめて攻撃さえしておけば。ヴァリーはそう思った。

トルムセン・ヴァリーはいつになく真っ青な顔をして、シートからマイクロフォン・リングの上に身を乗りだすと、口を開いた。

「エレメントの十戒は無敵だ。きみたち自身の目で見ただろう。われわれは罠にはまった。だが、五千隻のうちの七隻だ。どうということはないではないか！」

さかんな交信が飛びかう。冷気の影響にどのように対処すべきか、話しあわれた。だが、それに対し、有効な手段はひとつもない。艦船をかこむ雲はますます収縮していく。七隻はまるでたがいを温めようとするかのごとく、ひしめきあった。

「なんの意味もない。だれもが知っていること」エルトルス人が結論づけた。「ただ結果を先のばしするだけだ。宇宙服を着用したところで、なんの役にたつ？」

そういいながらも、五分後、ヴァリーは率先して重い宇宙服のなかに跳びこんだ。そして、暖房装置が必要になるのを待つ。

やがて、さらに寒くなった。〝徒党〟が凍りつきはじめたのだ。艦船と乗員たちに最初の徴候があらわれる。

「〝徒党〟のすべての艦船よ、ともにあれ」ヴァリーがふたたび通信で語りかけた。

「われわれ、むしろ氷の群れだな。幸運を祈る！」

「なんのために？」だれかが震える声でたずねる。そこでとうとう、通信がとだえた。

9

ふたたび、不釣りあいな存在どうしが、向かいあって立っていた。カッツェンカットはかろうじて自制しながらも、勝利に酔いしれている。1＝1＝シルシュはほっとしたようすで、以前よりもいくらか自信がついたようだ。それでも、まだ懐疑心を捨てきれていない。指揮エレメントはひそかに思った。繊細な触手を持つこの樽形アニン・アンは、これまで自分がなじんできたサイボーグの枠に完全には当てはまらない。

サーレンゴルト人は関節のない腕をわずかに曲げ、《マシン八》のすべての壁面を占めるスクリーンをさししめした。

「もう二度と疑うな」指揮エレメントが1＝1＝シルシュにきびしくいいきかせた。「きみには後退に見えるかもしれないが、わたしが詳細にいたるまで練った計画が視覚的にあらわれているだけだ。成功は行きつもどりつするもの。一時的な失敗もまた、つねに成功に変わる！」

「あなたの計画がだんだんわかってきました」と、アニン・アン。「それに、ゴムのように伸びたり縮んだりするスケジュールを追求していることもわかります」

カッツェンカットはふたつの口を楕円形にし、いつもより高い声で、アニン・アンの鋭い観察眼を称える。だが、これは同時に相手をからかったのだ。1＝1＝シルシュはたしかに枠組みあるいは輪郭は見ているものの、その内容についてはわかっていない。

すこし前にできあがった罠が閉じるまで、あとわずか数時間だろう。十戒の敵がやってくるのは、そのあと。クロノフォシル・二百の太陽の星は、おのれの手中にあるのも同然だ。

指揮エレメントは、コスモクラートのことを考えた。ふたりともいまごろ、炎の標識灯にかまけているだろう。銀河系のはずれの空虚空間でなにが起きているか、まったく想像もせずに。まるで、カラフルなボールのあとを追うちいさな子供のようだ。星系を次々と保管用の宇宙艦にからめとりながら、ますます速度をあげて直径十光年の通廊を銀河系に進んでいく炎にしか、目が向いていない。炎の標識灯が影響をおよぼすところにはすべて、平和オーラがのこる。これは個々の平和への意志をさらにうながし、けっして起きることのない大きな出来ごとへの準備をさせる。つまり、無限アルマダの銀河系横断だ。銀河内の各星系には、今後の発展のために一度だけ通過しなくてはならないポイントがある。そこを起点に、炎の標識灯は星系を手中におさめるのだ。するともう、何者もその星系を奪いとることはできなくなる。

だが、かれらの働きは、すでに無意味なものと化した。クロノフォシルは銀河系内にそのままとどまるがいい。無限アルマダはけっしてこれに到達しないだろう。道は閉ざされたのだ。ポスビ世界をめぐる出来ごとが完結したなら、コスモクラートにとっても、二百の太陽の星を手に入れる可能性はもうない。

とはいえ、些細な問題はいくつかのこる。銀河イーストサイドに、サコダーの影響を受けないポスビの一部隊がいるのだ。かれらが事態に気づけば、こちらはたちまちGAVÖKの攻撃から身を守る必要が生じる。遅くとも、逃走した艦船がこのポスビ部隊に接触できる距離に到達したなら、ただちに警告が行くだろう。

さらなる問題は、サコダーの影響がしばらくたつと衰えてしまうこと。とはいえ、カッツェンカットはこの問題の解決策を知っていた。

そして最後に、まだほかにも攻撃されているのだ。ムリルの武器商人があらたなメッセージを送ってこないので、指揮エレメントはほっとしていたが。

「わたしのさらなる命令を待て！」カッツェンカットはアニン・アンに告げた。1＝1＝シルシュが服従をしめす。

指揮エレメントは《理性の優位》にもどっていった。

10

憎悪回路が起動したのだ!

スタリオン・ダヴはそう気づき、浮遊機を空に向かわせた。なにがなんでもサンタウンに到達しなくては。そこには、銀河系からの訪問者のほとんどが住む。GAVÖKに属する種族のだれも、ロボットの手に落ちてはならない。

二百の太陽の星周辺の空虚空間における状況については、まだなんの情報も得られない。人工太陽にじゃまされ、ようすをうかがうことも、暗い空の光跡を読み解くこともできないのだ。

浮遊機は中央プラズマのドーム八十基をはなれ、居住都市に向かって急いだ。その高層ビルが地平線にあらわれる。

なにがあったというのか? スタリオン・ダヴは、二百の太陽の星に赴任する前に、二一一四年の出来ごとと憎悪回路の技術的除去方法について詳細に学んだもの。その概要が記憶によみがえる。

ハイパートイクト伝導原理だ。

ハンザ・スペシャリストは、かぶりを振った。それはありえない。インポトロニクスの構成要素である憎悪回路を復活させるのは、技術的に不可能だ。つまり、のこる可能性はプラズマのプシオン領域ということ。

ÜBSEF定数が関係するのか？　十戒がこれを利用し、中央プラズマをあらゆる有機生命体の敵に変えるべく細工をしたのか？

スタリオン・ダヴは、浮遊機の透明キャノピーから外を見わたした。地面のいたるところに不格好な構造体がいる。さまざまなかたちをしていた。飛翔可能なポスビだ。独自のエンジンを持つ者もあれば、反重力フィールドで都市をめざして進む者もいる。その意図は明白だ。住民に究極の質問をしようというのだろう。

〝きみらはほんものの生命体か？〟と。

ダヴは、サンタウンに到達した。浮遊機を着陸させると、外側マイクロフォンのスイッチを入れる。

「全員に警告する！」と、はじめた。「ただちに宇宙港に向かえ。ポスビがおかしくなった！」

おびえた顔をした数名に気づく。裏通りから複数のグライダーがこちらに近づいてくる。これにより、都市の住民全員がなにも知らないわけではないとわかった。すくなくとも、すでに数名は異常に気づいていたわけだ。

「宇宙港に逃げろ！」ハンザ・スペシャリストは全員に向かって叫ぶ。都市じゅうを駆けめぐり、とうとうロボットの大群に出くわした。隊列を組み、一部は車輛の機能をはたしながら、都市をくまなく捜索している。高感度赤外線およびレーザーによるセンサーをそなえたロボットから逃れることは、だれにもできないだろう。

ロボット・グライダー数機がこちらに向かってくる。スタリオン・ダヴは方向転換したが、すでに手遅れだった。いまや、ロボットによる追跡を逃れるための方法はひとつだけ。宇宙港にもどり、船一隻を奪うしかない。たとえ、それが宇宙航行専用の船だとしても。いずれにせよ、大きな艦船はすべて宇宙空間に出はらっているだろう。

ポスビが、ハンザ・スペシャリストの追跡を開始した。グライダー三機と、飛行可能なロボット百体ほどが背後から迫り、こちらのシュプールを執拗に追いかけてくる。

ダヴは、浮遊機を最短距離でゴールに向かわせた。中央プラズマのドームを通りすぎると、まもなく、ハイパーインポトロニクス領域が目の前に出現。宇宙港の一部が見えた。そこで、驚愕する。

閉鎖されているのだ。近づくにつれて、わかった。本格的なロボット部隊が宇宙港を包囲し、そこにならぶ小型船とグライダーを見張っている。

スタリオン・ダヴの脳内で、警鐘が鳴りひびいた。ポスビは有機生物一体たりとも、この惑星から逃さないつもりだろう。ひょっとしたら、殺されるかもしれない。

いつのまにか、追跡者が距離を縮めていた。ハンザ・スペシャリストは、宇宙港付近から姿をくらますことにする。ポスビが通信で呼びかけ、例の質問をくりかえした。これを無視し、モルケンシュロトかトルムセン・ヴァリーと通信で連絡をとろうと試みる。トルムセン・ヴァリーが〝徒党〟とともにマイナス宇宙に墜落したことも、モルケンシュロトが指揮船もろともはるか遠くの空虚空間でポスビ部隊に捕まったことも、知らなかったのだ。

それに関与したのは、船内で精神エレメントが暴れだしたせいで、戦闘開始時に撤退した例のポスビ部隊だった。モルケンシュロトは避難を一時中断してヴァリーの部隊を待ったことが命とりとなり、ロボットに捕獲され、二百の太陽の星に連れもどされたのだ。

いつのまにか、そうとうな数の追跡者の群れがスタリオン・ダヴに迫っていた。グライダー二十機と飛翔ロボット二百体が三方向から追ってくる。遠くに森林地帯が見えた。あれをゴールにしよう。そこなら、すくなくとも短時間は身をかくし、救援を待つことができるだろう。ルッセルウッセルは、どこにかくれているのか？

浮遊機が一撃を受けた。たちまち、ケーブルの焦げたにおいがたちこめる。ダヴは引き出しの酸素マスクをつかむと、顔にかけた。浮遊機は高度をさげ、ゆっくり地面に近づいていく。

ハンザ・スペシャリストの数メートル後方で、小型エアボートのエンジンが爆発した。反重力フィールドが消滅し、最後のパルス・エンジンが鋭い金属音をたてながら息たえる。

いまは、生きるか死ぬかの瀬戸際(せとぎわ)だ。スタリオン・ダヴが昇降レバーを操作すると、浮遊機はさらに下降し、下側が地面に触れた。ジャンプを数度くりかえし、草の上を滑りながら、深いわだちを描く。森のはずれから五十メートルもはなれていないところで、機体はとうとう動かなくなった。

ダヴは酸素マスクを引きはがすと、携行ブラスターをつかんだ。へこんだドアを勢いよく開け、機体から跳びだす。森に向かってジグザグに走った。背後ではグライダーが着陸し、すでに飛翔ロボットもほとんど頭上にいる。さらに撃つ気はないようだとわかり、ほっとした。つまり、殺すつもりはないということ。パラライザーの放射による皮膚のうずきを覚悟したが、なにも起こらない。ハンザ・スペシャリストは森のはずれに到達すると、藪のなかに身を投げた。

やみくもに、薄暗い森のなかを走りつづけ、なにか柔らかくしなやかな物体と衝突。さえずるような音が聞こえた。一マット・ウィリーだとわかる。

「スタリオン!」生物は、金切り声をあげた。ルッセルルウッセルだ。

「どこにかくれていたのだ？」ダヴが声をひそめてたずねる。「フランクリン・デミルはどこだ？」

「とにかく、ここから逃げましょう」マット・ウィリーが泣き声をあげた。「ロボットがうっかりシガ星人を踏んづけたのです。なぜ〝かれ〟はつねにシガ星人に気を配らなかったのでしょう。スタリオン、ここにいてはいけません。〝かれ〟は役たたずでした。どうすれば、この埋めあわせができるでしょうか？」

このとき、ポスビが森に押し入る音が聞こえた。ダヴはマット・ウィリーをつかもうとするが、興奮したルッセルウッセルは姿を目まぐるしく変え、もう話しかけることすらできない。ダイヤモンドのようにかたい層でおおわれたちいさな疑似脚を、柔らかい森の地面に突き刺す。数秒後、そのからだが完全に地中に消えた。さらに、ルッセルウッセルは疑似脚をのばし、穴を土で埋めていく。たったいままで横にマット・ウィリーが立っていたことをしめすシュプールは、もうなにもない。

ダヴはブラスターを藪にほうり投げた。すでに手遅れだ。ポスビに包囲されている。追っ手がこちらに近づき、たずねた。

「きみはほんものの生命体か？」

ハンザ・スペシャリストは、なにも答えない。麻痺放射を覚悟する。

もうおしまいだ。二百の太陽の星をめぐる戦いに負けたのだ。エレメントの十戒が勝利をおさめたということ。

鋭い音がした。ポスビがパラライザーを発射したのだ。ダヴは藪のあいだでよろめき、ルッセルウッセルが穴を掘ってもぐった場所に倒れこんだ。

ポスビがハンザ・スペシャリストを抱きあげ、一グライダーが駐機する平野に運びだした。硬直したからだを機体の入口のわきに横たえる。スタリオン・ダヴの目に、空から降りてくる異船がうつった。グリーンに光る円錐形だ。近くの宇宙港に、まさに着陸しようとしている。

エレメントの十戒が、ポスビの中央世界を手に入れたのだ。

あとがきにかえて

林　啓子

　この第五九六巻の翻訳締切まぎわ、家族の突然のアクシデントに見舞われ、途方に暮れていた私を大いに励まし、救いの手をさしのべてくださった編集部T氏、外編集のN氏をはじめ、翻訳チームのみなさんにどれほど感謝していることか。この場をお借りして、心より御礼を申しあげたい。

　昨年二〇一八年九月に他界した女優の樹木希林さんの著書『１２０の遺言』のなかで、「ガンになって死ぬのが一番幸せ」と、語られている。本人も周囲も、覚悟と準備ができるからだそうだ。六年前の秋、救急搬送されて一週間たらずで亡くなった母のことを思うと、希林さんの言葉が深く心に響く。このさき、たとえ誰と急に別れを告げることになっても後悔しないように、日頃から感謝の言葉を伝えていきたいと思う。

訳者略歴　獨協大学外国語学部ドイツ語学科卒，外資系メーカー勤務，通訳・翻訳家　訳書『時間塔の修道士』ヴィンター＆ヴルチェク（早川書房刊），『えほんはしずかによむもの』ゲンメル他多数

HM=Hayakawa Mystery
SF=Science Fiction
JA=Japanese Author
NV=Novel
NF=Nonfiction
FT=Fantasy

宇宙英雄ローダン・シリーズ〈596〉

ヒールンクスのプラネタリウム

〈SF2237〉

二〇一九年七月十日　印刷
二〇一九年七月十五日　発行

（定価はカバーに表示してあります）

著　者　クルト・マール　アルント・エルマー
訳　者　林（はやし）　啓（けい）　子（こ）
発行者　早　川　　浩
発行所　株式会社　早　川　書　房
郵便番号　一〇一 - 〇〇四六
東京都千代田区神田多町二ノ二
電話　〇三 - 三二五二 - 三一一一（大代表）
振替　〇〇一六〇 - 三 - 四七七九九
http://www.hayakawa-online.co.jp

乱丁・落丁本は小社制作部宛お送り下さい。
送料小社負担にてお取りかえいたします。

印刷・信毎書籍印刷株式会社　製本・株式会社川島製本所
Printed and bound in Japan
ISBN978-4-15-012237-9 C0197